# 郵便集配人は二度銃を撃つ

伊原 勇一
*Ihara Yuuichi*

郁朋社

郵便集配人は二度銃を撃つ／目次

装丁／宮田麻希

# 郵便集配人は二度銃を撃つ

# 第一話　郵便集配人は二度銃を撃つ

## 一

やはり来るのではなかった、と藤丸《ふじまる》喜《き》三郎《さぶろう》は後悔していた。

他人の悪口をさかなに酒を飲むのは、ある種の人間にとって心もしびれるような快楽なのかもしれない。だが、先ほどから宴席の下座《しもざ》で静かに盃を口にはこんでいる喜三郎には不快でしかなかった。

神田須田町《すだちょう》にある神田郵便支局では、一、二か月に一度、副局長が声をかけて局員の親睦《しんぼく》会のようなものを開く。新しい年を迎えたということで、今夜は多町《たちょう》にある牛鍋屋・開明軒《かいめいけん》の二階に十人ほどが集まって新年会を開いていた。

牛鍋屋といっても、板敷きのうえに茣蓙《ござ》を敷いただけの座敷で、そのうえに七輪《しちりん》を置いて鉄鍋のなかに牛肉や葱《ねぎ》を放り込み、やや甘口の割下《わりした》をそそいで煮込んだものをつつくという飾らない店である。

今夜は貸し切り状態なので、職場の不祥事もおおっぴらに語られていた。

「しかし安田も馬鹿だよな。懲戒《ちょうかい》解雇のうえ、起訴されたとさ」

酒で舌のすべりがよくなった副局長の三宅《みやけ》卯《う》之吉《のきち》が大声でなじる。四十半ばの男で、糸瓜《へちま》のような顔のなかの、げじげじ眉がつり上がっている。

昨年の暮れのことだが、三十すぎの安田という集配人が配達すべき郵便物五十通余りを自宅に隠していたことが発覚した。安田の家族から、「箪笥《たんす》の抽出《ひきだし》のなかに他人宛の郵便物があった」と連絡があり、局側が当人に問い詰めると、「配達するのが面倒だった。若い集配人とくらべられて仕事ができないと思われるのが嫌だった」と泣きながら罪を認めた。

「うちの支局だけじゃない。他の支局でも、不祥事が発覚しておる」

三宅は眉をさらにつり上げて大声で言う。

「牛込《うしごめ》の支局には、神社の祠《ほこら》の下に郵便物らしきものが何十通も捨てられていると通報があったそうだ」

警察が捜査するとまちがいなく郵便物であり、警察は保管したあと、すぐに牛込支局に連絡した。局側が調査すると、二十代の集配人の男の仕業であることが判明した。男は郵便物三十二通を配達せず、半年余り自宅や支局の更衣室に隠匿《いんとく》していた。調査をつづけると、祠以外にも空《あ》き家の受け箱、自宅の納屋《なや》のなかなどにも隠していたことを白状した。

「郵便物を配達しきれず、配達せずに局にもどると他の局員に迷惑がかかるし、持ち帰ると仕事がのろいと非難されるのが嫌だったと弁解したというが、なんと身勝手な人間ではないか！」

三宅は激高《げきこう》すると、一気に盃の酒を飲み干した。そして「おーい」と店の小女《こおんな》を呼びつけて、「じゃんじゃん酒を持ってこい！」と命じた。

「諸君、相次《あいつ》ぐ郵便局員の不祥事をどう考える？」

三宅の目が据《す》わってきた。席につらなる者たちは、また副局長の悪癖がはじまったかとうんざりした顔を見合わせた。

三宅副局長は、三卿《さんきょう》のひとつである田安《たやす》家に仕えていたというのが、唯一の自慢だった。いつも三つ揃《ぞろ》いにタイという洋装で、気位だけは高いが、実は中間《ちゅうげん》同然の身分だったらしいという噂だった。

三宅の長広舌《ちょうこうぜつ》がひとくさりつづき、やがて宴もたけなわになったころである。三宅はふらふらと立ちあがって、局員に酌《しゃく》をして回りはじめた。いよいよはじまったかという表情が、みなの顔に見て取れた。

「なあ、黒沼《くろぬま》くん、君もわしと同意見じゃろう」

三宅はそう言って、足腰の筋肉はもちろん、上半身もたくましく、力仕事には打ってつけの体躯《たいく》の男の肩をたたいた。黒沼はただ、にやにやと苦笑いしているだけである。

三宅は自分の主張が正しいということを、ひとりひとりの名を呼んで確認するのが習癖だった。局員はいつものことで辟易《へきえき》する。

「船木くんも同じ考えだと思うが」

相手の意見をいっさい無視して、一方的に自分の考えを押しつけるのだ。最初はその習癖を知らない新参者《しんざんもの》も多く出席していたのだが、宴席の実態を知るようになると、ひとり、ふたりと欠席するようになっていった。

しかし権力者に取り入る者は一定数いる。毎回、十人程度が顔をそろえるのは、そういった副局長に追従する取り巻き連中たちだった。

喜三郎はそういった手合いとは無縁の局員だったが、まったく宴会に出席しないのも陰口をたたかれる原因になると思い、二回か三回に一度は出るようにしていた。長いものには巻かれろ、という世渡りの知恵である。

気乗りがしなければ断ればいいだけのことかもしれないが、話はそう単純なものではない。欠席したら欠席したで、翌日は陰口どころか、聞こえよがしの嫌みを言われるのである。

「いやあ、昨夜は実に有意義な一夜だった。支局の将来のために君たちと意見交換をし、大いに議論するのはまことに喜ばしい。貴重な時間をともに過ごせて、たいへん嬉しかったよ」

三宅は出席者にはそういった賛辞を述べたあとで、欠席者にはちくちくと皮肉を言うのだった。

「しかし、忙しくて出席できぬ者もいて、いっしょに飲めなかったのが残念至極《しごく》である」

こんな嫌みを言われるくらいなら、いっとき我慢をすればいいのだと覚悟を決めて宴席にのぞむのだが、その時間が実に耐えがたかった。

三宅が覚束《おぼつか》ない足取りでいよいよ喜三郎の手前までやって来たところで、息せき切って部屋にはいってきた者がいた。

「どうも遅くなりまして……」

身を縮めてはいってきたのは、三十すぎの佐室兵助《さむろへいすけ》という集配人だった。

「おお、佐室くんか。まあ、一杯飲め！」と、さっそく三宅が徳利《とくり》をかかげる。

佐室は空いていた末席に座り、盃をとって三宅の酌をうける。

「お前は朝も遅刻するが、親睦を深める大事な宴会にも遅刻するのかね」

三宅が胴間声《どうまごえ》を出して嫌みを言う。

「すみません。先ほど配達が終わったばかりで……」

「ほほう。遅刻の原因は、遅配《ちはい》によるものか」

「はい、申し訳ありません……」

「お前は制服のボタンがとれていることがしばしばあるが、仕事に対して気のゆるみがあるのではないか」

集配人は毎朝、かならず服装の点検がある。顧客に不快感を与えることがないよう、身だしなみの点検は厳しい。

「いやしくも、お上から毎月多大な給金を頂戴している以上、それに見合った仕事に精励相勤《あいつと》めるのが、われわれ公僕の使命ではないのか！」

三宅は宴会のたびに、ひとりの人身御供《ひとみごくう》をつくりだし、日ごろの鬱憤《うっぷん》をその犠牲者に浴びせつづける。ねちねちとしつこい口調で、嫌みを言う。今夜も思っていたとおり、嫌がらせがはじまった。

「われわれ公僕は粉骨砕身《ふんこつさいしん》、国家、国民のためにはたらくことを旨《むね》とすべし！」

三年ほど前から勤務している佐室は、ふだんから誤配や遅配など、業務上の失敗をくり返していた。

そのたびに同僚たちが事務処理のための残業をしなければならないので、佐室にいい感情を抱いている者はほとんどいなかった。仕事上の失敗をなじる声が、当人のいないところで囁《ささや》かれていた。

加えて佐室は遅刻も多く、反省の態度は示すが、また同じことをくり返す。職場では佐室に対する不満が募《つの》っていた。

「なあ、佐室さんよ」

三宅はねちねちとした口調で、からんでくる。いよいよ標的が佐室ひとりに移ったのである。

「……」

佐室は下を向いたまま黙《もく》していた。

前回の宴席でも衆人環視のなかで、さんざん嫌な目にあっていた佐室だったが、あまり出席を拒みつづけるのも波風が立つだろうと思い、今回は気乗りしないまま出席したのである。

(見ていられねえな……)

佐室のようすを見ていて、この男も自分と同様、やはり来ないほうがよかったと思っているのだろうと喜三郎は思った。

しかし英雄ぶって、いっときの正義感で口をはさんだところで、このあとの三宅の自分に対する陰湿な仕打ちを考えると、喜三郎は黙って見ているしかなかった。自分のほうからわざわざ波風を立てることはない。

「この牛だって、人さまの役に立とうと、こうして下地《したじ》のなかで耐えているんだよ」

箸で鍋のなかの牛肉をつかんだ三宅は嫌らしい笑いを浮かべると、その熱い塊《かたまり》を佐室の着物の襟《えり》のなかに落とし込んだ。

「あち、あちっ！」

うなだれていた佐室は思わず顔をあげて、飛び上がった。

「熱けりゃ、水をかけてやる」

三宅は今度はかたわらにあった水差しから、佐室の頭のうえに水をどぼどぼと注《そそ》いだ。追い打ちをかけるような仕打ちに、一同は思わず「あっ」と叫んだが、すでに遅かった。水浸《みずびた》しになった佐室はうつむいて、悔し涙をじっと堪えていた。

ついにはじまったかと、周囲はしーんとなったが、それをしおに、閉会となった。遅れてきた佐室にも当然のように正規の会費が請求された。

嫌な後味を残したまま、局員はそれぞれの帰路についた。

「佐室さん、家はどっちだい？」

ひとり残された佐室に、喜三郎は声をかけた。

「はい、和泉橋《いずみばし》をわたった先です」

「それじゃ、方角がいっしょだ」

喜三郎は佐室を誘って、いっしょに帰ることにした。喜三郎の住む長屋は佐久間町三丁目にあり、佐室の長屋のある相生町《あいおいちょう》と方角が同じだった。

開明軒を出ると、ふたりは神田郵便支局にもどるように歩いていった。この郵便支局は和洋折衷《せっちゅう》の石造り二階建てで、もとは大蔵省租税局があった建物だった。

左手のほうには筋違橋《すじかいばし》の石垣をつかって造られた万世橋《まんせいばし》が、ガス灯の光のなかに幻のように見えていた。

「ひどい目にあったね」と喜三郎は話しかけた。空気が冷えて、息が白い。喜三郎は鳥打ち帽をかぶり、シャツのうえに羽織を着て、下はパッチのようなものを履《は》いていた。まるで行商人のような身なりだが、すべて柳原《やなぎわら》土手の古着屋で見つけたものだ。足元は草履《ぞうり》だが、足袋《たび》を履いているので寒くはない。

「ええ……」

佐室は首筋にできたやけどが痛いのか、しきりに手でさすっていた。佐室は着流しのうえに薄い羽織を着ている。足元は喜三郎と同様、足袋に草履だが、どこか寒そうだった。

同じ集配人ではあるが、ふたりとも朝から晩まではたらきずくめですれ違いも多く、こうしてゆっくりと話をする機会もなかった。

「佐室さん、家族は？」

神田支局前の広場まで来て、喜三郎は訊ねた。

この辺りは旧幕時代は八《や》ツ小路《こうじ》と呼ばれた火除《ひよ》け地で、三年前から鉄道馬車が日本橋、上野、浅草、そしてまた日本橋にもどる環状線が開業すると、その路線の中心地となっていた。日が落ちたいまは走っていないが、昼間は道路に敷かれた軌道のうえを、二十人余りの乗客を乗せた二頭立ての馬車が行《ゆ》き交《か》っている。

「はい。妻と娘が」

妻はお加津《かつ》といい、同じ御家人の娘だったと佐室は言った。

「そうかい。俺は独り身だ」

話をしてみると、喜三郎も佐室もともに貧乏御家人の息子で、喜三郎が三男、兵助は次男だとわかった。年は喜三郎が二十八、佐室が三十一だ。喜三郎のほうが年下だが、集配人としては先輩なので、ぞんざいな口を利《き》く。

「ともに冷飯《ひやめし》食《く》いの境遇だな」

喜三郎は笑った。

「侍のくせに、ヤットウのほうはからきし駄目で……」

宴席での自分のぶざまな姿を思いだしたのか、佐室は恥じ入るように言った。

「これからの時代は、武芸なんぞ、なんの足《た》しにもなりゃあしないさ」

喜三郎は慰めるように答えた。

喜三郎の両親は、安政五年に大流行したコレラに感染して死んだ。感染者たちがころりと死んでしまうので、当時「虎列剌」の字を当てコロリと呼ばれていた。死者は十万人にも上ったということを、あとで喜三郎は耳にした。

両親が他界した当時、まだ乳飲《ちの》み子《ご》だった喜三郎は、ふたりの兄と親戚筋の家に預けられた。若いときから古物《こぶつ》の目利《めき》きを得意とした上の兄は、幕府瓦解《がかい》後は小さな屋敷を売り払って上野山下に移り、妻とともに骨董《こっとう》商を営んでいる。喜三郎との往《ゆ》き来《き》はほとんどない。下の兄は、屋敷が人の手に渡ったのをきっかけに、陸奥《むつ》のほうに終《つい》の住処《すみか》を求めて旅立っていった。以後、この兄とも通信は一切ない。

その後、喜三郎は二十で、ふたつ年下のお寿美《すみ》という町娘と所帯をもった。お寿美は浅草寺境内にある二十軒茶屋《にじっけんぢゃや》で茶酌《く》み女をしていたが美人と評判で、江戸寛政のころに同じ二十軒茶屋ではたらいていた難波屋《なにわや》おきたになぞらえられ、「今おきた」などともてはやされていた。だが、それまでのお寿美の生いたちは尋常なものではなかった。

いまから二十年ほど前の十二月、浅草寺の風神雷神門が消失するという大火災があった。浅草田原町《たわらまち》から出た火は、西北の風にあおられて花川戸町《はなかわどまち》、茶屋町、並木町、諏訪町《すわちょう》、黒船町《くろふねちょう》などを焼き払い、本所、深川、大島村へと広がっていった。当時、お寿美は飾り職人の父と母とともに深川に住んでいたが、逃げ遅れた両親は焼死し、七つになるお寿美だけが生き残った。

お寿美は芝露月町《ろうげつちょう》で料理屋をいとなむ母の妹の家に引き取られ、独り立ちできるまでその家で養育された。その後、十五で茶屋づとめをはじめたが、喜三郎とはその茶屋で知りあったというのが、そもそもの馴《な》れ初《そ》めだった。

自分と似たようなお寿美の生いたちを聞き、喜三郎の心は次第にお寿美に惹《ひ》かれるようになり、所帯をもつところまでこぎ着けたのだった。

だが、好事魔多《こうじまおお》し。お寿美は明治十年に流行したコロリにかかって、激しい下痢《げり》と嘔吐《おうと》をくり返した末に、あっけなく十八年の人生を終えた。短い新婚生活だった。

（またしてもコロリか……）

喜三郎は臍《ほぞ》を噛《か》んだ。

このときのコレラ菌は清国《しんこく》の廈門《アモイ》というところから米艦によって横浜にはこばれ、それが各地に広がったといわれた。死者は八千人に達したという。

両親に次いで愛する妻も感染症で亡くし、喜三郎には生きる目的が見えなくなっていた。無為《むい》に過ごす日々がつづいたが、やがて金が尽き、とりあえずなにか仕事に就かなければならない境遇となった。

そのころ、ゆくりなくも郵便制度が設けられたことを知って、集配人に応募し、めでたく職に就くことができた。以来、十年近く、大過なく仕事をつづけている。

同じ郵便局員でも、内勤の者とちがって集配人の仕事はなかなかきつい。

朝まだ暗いうちに家を出て、局に出頭するのは内勤も外勤も同じだが、内勤は服装が袴《はかま》や洋装が許されているのに対して、集配人はすぐに制服に着替えると朝会がはじまる。一列になってその日の連絡や諸注意が伝えられたあと、身だしなみの点検がある。

そのあと集配人は、饅頭笠《まんじゅうがさ》をかぶり、革《かわ》の袋を肩にかけて担当区域に出かける。制服は支給されるが、足元は自前なので草鞋《わらじ》履《ば》きの者もいれば革靴の者もいる。いまのような寒い時期は足袋のうえに草鞋を履くのを許されているが、金のない者は素足《すあし》に直接草鞋を履いている。なかにはひどいしもやけの者もいる。一日でかなりの距離を歩き回るので、夕方には足がまるで棒のようになる。脚気《かっけ》や怪我など足に故障が出れば、すぐに解雇される身の上である。

月給は五円だが、なにやかやで五十銭天引《てんび》きされる。どうにか人並みの収入を得て日々を過ごしているが、世の中には金に不自由しない連中もいる。

麹町区《こうじまち》内幸町《うちさいわい》の薩摩《さつま》藩上屋敷跡には、鹿鳴館《ろくめいかん》という煉瓦《れんが》造り二階建ての洋館が建てられて、夜ごと上流社会の人間たちや外国の貴賓《きひん》が集《つど》っては園遊会や舞踏会や仮装会をひらいて楽しんでいると聞いている。新政府の欧化政策の一環で、欧米諸国に日本の近代化を認知させ、交渉を優位に推し進めようとの思惑《おもわく》があるらしいが、しょせん喜三郎たち庶民には別世界の話だった。

喜三郎はいま、六畳ひと間に小さな台所つきの貧乏長屋に住んでいるが、独り暮らしにはなんの不自由もない。

会話は一方的に喜三郎が話すばかりで、佐室はただ黙って聞いているだけだったが、凝《こ》った心が次第にほぐれてきているようだった。

「それじゃ、私はここで……」

和泉橋をわたった先の辻まで来たところで、佐室が言った。

「おう、それじゃあ」

喜三郎も言葉を返した。

佐室と別れるとき、喜三郎はうしろをふり返った。歩いているあいだ、ずっと後をつけられているような気がしたからだ。だが、なんの影も見えなかった。

（気のせいか……）

寒さに首をすくめて、喜三郎は帰路をいそいだ。

二

それから一週間ほどすぎた一月十五日の黄昏《たそがれ》どき。

神田明神《みようじん》の男坂下にある料理屋・松月《しようげつ》の女中が裏木戸をあけて路地をうかがうと、土のうえにひとりの男が仰向けに倒れているのが目にはいった。黒ラシャのフロックコートを着た中年男である。近くに山高帽子がころがっているので、たぶん酔っ払いだろうと思って近寄って顔を見ると、紙のように白くなっていた。さらに目を近づけると、胸元にべったりと血のようなものが広がっていた。

「ひゃあ！」

仰天《ぎょうてん》した女中はあわてて店内に駆けこみ、大声でみなに知らせた。それを聞きつけた番頭が出てきて、明らかに男の息が絶えていることを確かめると、すぐに小僧を警察署に走らせた。ほどなく部下の刑事を引きつれた警視庁の国東英太郎《くにさきえいたろう》警部がやって来て、検死がはじまった。

「ううむ。銃殺されたのはまちがいないなか」

国東警部はつぶやいた。

灯火器《とうかき》の灯りで照らしてみると、死体の致命傷となったのは胸に埋め込まれた弾丸だった。つまり、男は銃で撃たれたのである。

この事件の通報を受けて、警視庁からわざわざ四十半ばのベテラン警部が出張《でば》ってきたのには理由があった。

ひとつは、いま東京のあちこちに出没している連続拳銃強盗がこの界隈《かいわい》にも姿をあらわしたのではないかという疑いだった。

加えて、三年前に福島で発生した暴動事件の余波《よは》も懸念された。三島通庸《みしまみちつね》県令が強行した土木工事に地元の自由党員らが抵抗し、内乱罪の名目で逮捕されたのである。

さらに昨年九月、茨城県の加波山《かばさん》で急進的な自由党員が政府転覆《てんぷく》をはかって挙兵した事件があった。数年前からつづくデフレーションと、増税による農民の没落がこの反政府運動の根っこにあった。

そしてそのひと月後に、加波山の暴動が秩父地方に飛び火した。借金党あるいは困民党《こんみんとう》と称する一党と自由党の一部を中心に、数千人もの農民、樵《きこり》、猟師らが鋤鍬《すきくわ》、刀槍《かたなやり》、拳銃猟銃を手にして負債の減免、徴兵制の寛免《かんめん》、高利貸しとの貸借《たいしやく》関係の取り消しなどを求めて蜂起《ほうき》したのだ。治安の悪化を懸念した政府は、あわてて警察や軍を派遣し、およそひと月後に鎮圧《ちんあつ》した。その残党が東京に流れこんでいるとの情報が警視庁にも寄せられていたのである。

「おはんが死体ば発見した経緯ば話しちょくれ」

口髭《くちひげ》を指先で撫《な》でながら、国東警部が薩摩訛《なま》りで震える女中にやさしく問う。

「死体を見つける少し前に、路地のほうでガーンというかドーンというか、大きな音がしたんです」

銃声を聞いたことがない女中は、音の表現に戸惑っていた。

「なにか変なことがあったんじゃないかと思って、ようすを見に裏木戸をあけたところ、あの死体を見つけました」

「うむ。ほかには、なにかなかか」

「そのあと、開花楼《かいかろう》のほうに走っていく人影が見えました」

開花楼というのは、高台にある料理屋の名だ。鯱《しやち》がのった瓦屋根で有名だった。

「なんと、それは貴重な情報じゃ。して、その人影は男じゃったか、女じゃったか」

「暗くなっていたし、遠くだったのでわかりません。ただ、頭にお饅頭のような笠をかぶっていました」

「なんと、それはお手柄じゃ！」

おそらく饅頭笠だろうと国東警部は思った。

饅頭笠は、竹の網代《あじろ》に覆《おお》いをかけてつくられているので軽いうえ、日除け、雨除けになるので屋外で仕事をする者にとっては恰好《かっこう》の道具だった。

(饅頭笠というと……)

鉄道馬車の馭者《ぎょしゃ》、人力俥夫《しゃふ》、ガス灯点灯夫などの職種が思いつくが、これだけで特定するのはかなり難しい。捜査範囲をどこまで広げるか、国東警部の悩みの種がひとつ増えた。

そのうち騒ぎを聞きつけて、店のなかから大勢の人間が出てきた。

女中と入れ代わるように番頭が前に進みでて、「このお客様は、先ほど表口からお帰りになった方だと思いますが……」と証言した。

「なんと、店の客か」

「よく当店をご利用なさる方です。お名前は存じ上げませんが……」

「常連客か」

「お客さまのことをあれこれ申し上げるのも恐縮ですが、このお客さまについては、よく資金がつづくものだと内々で噂し合っていたものでございます」

被害者は一日と十五日の月二回、よんどころない事情がないかぎり、宵《よい》のころには店にやって来たと番頭は言う。

「金が潤沢《じゅんたく》じゃったということか」

すると、集まった野次馬のなかから、ひとりの白髯《はくぜん》の老人が出てきた。

「わしの記憶にまちがいがなければ、神田郵便支局に似たような顔の男のひとがいたような気がするがのう」

老人は目を大きく見開いて、菰《こも》からはみ出した遺体の顔をじっと観察して言った。

「この特異な顔はよく覚えておる。窓口の若い局員の応対がまずいと文句を言っておったわ。仏になった御仁《ごじん》のことを言うのもなんだが、周りに対する見せしめのような気がしたな。局員はうつむいて、ぽろぽろ涙を流しておったよ」

「なんと、身元判明に一歩近づいたぞ！」

国東警部は興奮した色を隠せなかった。

現場検証のあと、死体は大八車にのせて鍛冶橋《かじばし》第二次庁舎にある警視庁に搬送した。鑑識の結果、胸に撃ちこまれた銃弾が致命傷だということがあらためて確認された。

翌朝すぐに刑事が神田須田町にある神田郵便支局に飛んでいき、出勤したばかりの飾磨丑之助《しかまうしのすけ》局長に警視庁まで来てもらった。死体の顔を確認すると、三宅卯之吉という副局長であることが判明した。

「事件になにか心当たりはなかか」

国東警部は口髭をひねりながら飾磨局長に訊ねた。

「はあ。これといって特に……。そういえば数日前、局員数人で多町の牛鍋屋で宴会をしたと聞きましたが……。私は出席しませんでしたが」

小柄な飾磨局長は、大男の国東警部に対峙《たいじ》するように顔をあげて答えた。何本も皺《しわ》のある額のしたの金壺《かなつぼ》まなこが光っている。

「とにかく関係者から事情聴取じゃ」

さっそく国東警部の命令一下、捜査員一同は飾磨局長とともに神田郵便支局に出向いた。出勤した者から順に、当夜、宴会に出ていた十人の局員が呼びだされ、聴取された。

その結果、何人かから宴席でのいじめの証言があった。そして、三宅から暴行を受けたのは、集配人の佐室兵助という男だとわかった。

まっさきに疑われたのは、佐室だった。三宅に宴席でさんざん悪態をつかれ、いじめにあったのだから、その意趣返《いしゅがえ》しで殺したと思われても当然だった。

佐室兵助の容疑が濃くなった。佐室は必死になって無実を訴えたが、いじめられた末の報復殺人という犯行動機で国東警部は佐室を鍛冶橋監獄分署に送った。

凶器の銃の出どころについては、呆気《あっけ》なく判明した。

創業以来、郵便物は強盗被害が多かったが、近ごろでは現金書留が増えたため、襲われる事件も多発していた。そこで局では、集配人ひとりひとりに護身用として一挺《いっちょう》ずつ郵便保護銃を与えていた。スミス&ウェッソン社製の、アーミーと呼ばれる六連発の回転式銃である。

聴取の結果、黒沼という集配人が事件があった朝、佐室の保護銃が保護箱にはなかったと証言した。つまりその朝、佐室は銃をもって仕事に出たということだ。

ところが佐室自身は、その日、保護銃をもたずに集配に出たと主張した。もっていない銃で、どうやって人を殺せるのか。佐室がそう訴えても、同僚の黒沼が銃はなかったのだと証言している以上、不利な立場にあった。

（そんな馬鹿な……）

もう一度、確かめてくれと訴えても、国東警部は頭から佐室を犯人と決めつけて取りあおうとしない。

加えて、決定的な事実が明らかになった。犯行現場から出た銃弾が、佐室に割りふられた保護銃から発射されたものだと判明したのである。

「警視庁には洋行帰りの鑑識係がおってな、そやつの話では、犯罪研究がすすんでいるアメリカ国では、弾丸から銃が特定されるそうじゃ。なんでも、銃の内部にはそれぞれ独自の切れ目があって、弾丸を発射するとき、回転してそれが弾丸を傷つけるというとじゃ。よって、弾丸ば卓上拡大鏡でつぶさに調べれば銃の判別が容易にできるんじゃ」

国東警部は引導《いんどう》をわたすように、佐室に言った。

「俺じゃない、俺はやってない！」

なりふり構わず佐室は犯行を否定したが、国東警部は、佐室が積年の恨みつらみを晴らすために犯行に及んだという先入主《せんにゅうしゅ》に凝《こ》り固まっているので、佐室がなにを言おうが聞く耳をもたなかった。

この世に神も仏もないものかと、佐室はすっかり自暴自棄になり、抗弁するのをあきらめてしまった。

巷《ちまた》では、死体が発見されたのが神田明神の男坂下だったことから、すわ、平将門《たいらのまさかど》の祟《たた》りにちがいないなどと面白おかしく騒ぎ立てた。神田明神に祀《まつ》られているのは大己貴命《おおなむちのみこと》、少彦名命《すくなひこなのみこと》の二柱だが、境内の将門社《しょうもんしゃ》には平将門も祀っている。

将門は、一族の争いから、伯父《おじ》の国香《くにか》を殺害し、常陸《ひたち》、下野《しもつけ》、上野《こうずけ》の国府を襲撃して朝廷に反旗をひるがえした。みずから新皇と称したが、平貞盛《たいらのさだもり》、藤原秀郷《ふじわらのひでさと》らに攻められ敗死《はいし》した。その霊を鎮《しず》めるため、将門社がつくられたのである。

判官贔屓《ほうがんびいき》といわれるが、江戸・東京の人々は敗れるものに同情を寄せる。いじめられた側の恨みつらみが原因で三宅が殺されたのだと尾ひれがついて喧伝《けんでん》された。

三

（いまごろ、佐室は身も凍《こご》えるような監獄で強引な取り調べを受けているのだろう……）

あの晩、宴席にいた喜三郎は、三宅の佐室に対する容赦ない仕打ちを目撃している。ひどいとは思ったが、止めにははいらなかった。止めにはいったところで、酒のはいった三宅はますます激高しただろうし、なにより周りの援護が期待できなかった。

あのときは三宅の暴挙をただじっと見ているだけだったが、いまは後悔している。結果として、あの場で三宅のいじめを見逃したことが、佐室への嫌疑を濃厚にするようになってしまったからだ。

喜三郎はふだんから佐室の人となりを見ているが、思いあまってひとの命を奪うような性格には思えない。なにか事件が起こるたびに、「まさか、あのひとが」というのが世間の常套句《じょうとうく》だが、佐室にかぎって「まさか」はあり得ないと喜三郎は思っている。

（きっと、ほかに犯人がいるはずだ……）

喜三郎はそう結論づけた。

事件後、喜三郎は局員の動静をつぶさに観察した。みな、三宅副局長の欠落を埋めるように、いままで以上に精励恪勤《せいれいかっきん》につとめているようだった。

内勤の者は、郵便物の計量、行く先別の仕分けなど、てきぱきとこなしている。

一方、集配人たちは朝早く帰りが遅いので、互いに接触がないため聞き込みができない。その代わり喜三郎は、配達中に事件前後の現場周辺の不審事を探りだすことにした。集配人には懐中時計の携帯が義務づけられているが、出発時と帰還時に点検されるので一日の外勤時間がすべて筒抜けになる。仕事中に寄り道をしてさぼれば、たちどころに露顕《ろけん》するようになっている。その点、喜三郎の担当区域は、うまい具合に事件現場のあった神田明神近くの雉子町《きじちょう》、佐柄木町《さえきちょう》、銀町《しろかねちょう》一帯だったので問題はなかった。

そうやって局内の観察、そして現場周辺の聞き込みと、しばらく自分なりに調査はしてみたのだが、しょせん素人《しろうと》の探偵ごっこの域《いき》を出ず、新たな情報は得られぬまま数日が過ぎていった。喜三郎の心に焦りの渦《うず》が広がっていった。

その日の夕暮れどき、喜三郎は佐室兵助の住まいがある相生町に向かって歩いていた。冷たい灰色の空からいまにも白いものが降りだしそうな天候だった。喜三郎は思わず、襟《えり》巻《ま》きのなかの首をすくめた。

今日はいつもより早く仕事を終えたので、局で着替えをすませたあと、相生町にあると聞いていた佐室の家をあちこちで訊ねながらやって来たのである。やがて日も落ち、あたりはすっかり暗くなっていた。

ようやく見つけたその長屋の木戸をはいったときから、ゴミとドブと大小便の臭いが喜三郎の鼻孔《びこう》を襲ってきた。喜三郎はところどころ欠けたドブ板をよけて、「お仕立てものいたします」の木札がぶら下がっている一軒の前に立った。

「ごめんなさいよ」

立てつけのわるい腰障子をあけて中に声をかけると、薄暗い行灯《あんどん》の火影から「はい」という蚊《か》の鳴くような返事が聞こえた。

まだ二十代と思われるのにすでに人生に疲れているような顔をした女が、仕立て仕事をしていた。その脇には、その女とそっくりな顔をした四、五歳の女の子が、汚れきった姉様人形でひとり遊んでいた。

「どちらさまで？」

「あたしは兵助さんと同じ局に勤めている藤丸喜三郎っていう者です」

喜三郎は自分の名を告げた。

「……」

夫と同じ職場の人間だと知ると、女房は口を閉ざしてまた仕立て仕事をはじめた。

「このたびは、とんだことで……。お加津さんもさぞかしご心労のことでしょう」

喜三郎は以前、女房の名が加津というのだと佐室が言っていたことを思いだした。しかし相変わらず、お加津はうつむいたまま、あかぎれの切れた手で針を動かしている。

取りつく島もないが、喜三郎はとにかく声をかけた。

「今日、うかがったのは……」

「なにもお話しすることはありません」

お加津はかたくなに会話を拒む。

「あたしはべつに、兵助さんを責めるようなことを言いに来たわけじゃありません」

お加津の表情がすこしゆるんだようだった。

「あのひとが人殺しなんかするわけがありません。犬猫の死骸を見たってふるえているようなひとが、どうしてひとを殺すことができますか！」

初めてお加津の本心が吐露《とろ》された。

「あたしも同様です。あんな気のいいひとが、殺人なんてできるわけがない。きっとほかに犯人がいるはずだ。なにか心当たりはありませんか」

「いいえ、なにもありません。濡《ぬ》れ衣《ぎぬ》にちがいありません。早く本当のことがわかって、夫が帰ってきてほしいと思っています」

「おっしゃるとおりで……」

喜三郎もこの件に関して、まちがいなく冤罪《えんざい》だと思っている。真犯人を見つけて、なんとかこの母子のもとに佐室を帰してやりたいと思った。

「かあちゃん、お腹すいた」

女の子が人形遊びに飽きたのか、母親の袖を引いた。

「お栄、いい子だからもう少しお待ち」

針をもつ手をとめて女の子の顔を見ると、お加津はそう言い聞かせた。

「それじゃ、あたしはこれで」

それをしおに、喜三郎は辞去した。

長屋を出た喜三郎は、懐手《ふところで》をしながら考え事をし、和泉橋までやって来た。少し前から粉雪が降りだしていた。

神田川の対岸にある柳森《やなぎもり》神社のはるか先、駿河台《するがだい》の元若狭小浜《わかさおばま》藩酒井家の跡地に建設途中の半球型の屋根をした聖堂と、その隣にある少し背が高い鐘楼《しょうろう》を囲うように丸太の足場が組まれているのが見える。その姿はまるで包帯で巻かれた木乃伊《ミイラ》のようだったが、そこに霏々《ひひ》として雪が降りそそぐ光景は、荘厳《そうごん》な印象を与えていた。

この聖堂を人々は親しみをこめてニコライ堂と呼んでいるが、正式名は東京復活大聖堂というそうだ。宮城《きゅうじょう》を見下ろすような高さなので、右翼の連中が不敬罪だと騒ぎ立てて建設の邪魔をしているらしい。だが完成したら完成したで、またひとつ東京の名所ができるのだろう。

橋の下を樽《たる》をつんだ荷船が通過していく。櫓《ろ》をあやつる船頭も寒そうだ。

(さすがに冷えるな……)

あたりはうっすらと雪明かりに照らされている。遠くのほうで、居酒屋がこれから店をあけるのか、提灯《ちょうちん》のかすかな灯りがともった。

橋のたもとまで来たところで、喜三郎は背後から聞こえてくるギシッギシッという足音に気づいた。

すると突如、天秤棒《てんびんぼう》をもった男が襲ってきた。雪で足を滑らせたが、どうやら身をかわして対峙する。大柄な男だ。目のところだけ穴が開いているがんどう頭巾《ずきん》をかぶっているので顔は見えない。だが、その目が鋭い。

もう一度男は、きぇーっという化鳥《けちょう》のような奇声を発して棒で殴りかかってきた。喜三郎は柔《やわら》の受け身のように雪道のうえを転がると、すっくと立ちあがって男と向かい合った。その手には、いつの間にか棒が握られていた。橋の欄干《らんかん》の下に落ちていた棒だ。天秤棒と棒との対決だが、気合いは真剣勝負そのものだった。相手は口をおおっているので、喜三郎の吐く息だけが白かった。

喜三郎は柳剛流《りゅうごうりゅう》の目録を許されている。柳剛流は剣術のほか、居合い、杖術《じょうじゅつ》、薙刀《なぎなた》と、なんでも扱う流派である。

その喜三郎の気合いに威圧されたのか、暴漢は突如、天秤棒を橋の下に投げ捨てると懐から銃を取りだし、喜三郎を目がけて撃った。銃弾は喜三郎の肩先すれすれのところを飛んでいったが、暴漢はその隙《すき》を見て逃走した。

「待て！」と思わず声を発したが、喜三郎は後を追うことはしなかった。

(危なかった……)

危難が去って、喜三郎は命拾いをしたと、ほっとした。

すぐに銃声を聞きつけた通行人が何人か、雪を踏んで駆けつけてきた。

「拳銃強盗か、体に怪我はないか」

行商の男が心配して声をかけてきた。

「大丈夫。なんでもありません」

不安そうな顔をしている人々にそう伝えると、喜三郎は銃弾が飛んできた方角とは反対側のほうに歩いていった。橋の先にある土塀《どべい》を調べてみると、穴がうがたれていて、そのなかに弾が埋まっていた。喜三郎は近くに落ちていた小枝を拾い、穴をほじって、まだ温かい銃弾を取りだすと、懐から取りだした手拭いでそれを包んだ。

急いで自宅にもどり、石油ランプの灯りでつぶさに見てみると、見覚えのある銃弾だった。

(こいつは……)

喜三郎の頭のなかに、暴漢が逃げる際に「これ以上、この件に関わるのはやめろ」と言い残した言葉がよみがえった。

その晩、喜三郎は布団に横になったまままんじりともせず、いつまでも考え事をしていた。

## 四

翌日、夜が明けるのを待って、喜三郎は鍛冶橋第二次庁舎にある警視庁に向かった。道のうえには、昨夜の雪が薄く凍っていた。

「昨夜、暴漢に襲われました」

喜三郎がそう告げると、当直だったらしい国東警部はびっくりした顔を見せた。

喜三郎から手拭いに包まれた銃弾を渡されると、国東警部はすぐに鑑識班に検査を命じた。ほどなく結果が出た。喜三郎が提出した弾丸と、三宅の体内に残されていた弾丸が一致したのである。ふたつの弾丸が同じ銃から発射されたということはまちがいない。しかし、ここで疑問が生じた。

喜三郎が狙われたのは、佐室が監獄に拘留《こうりゅう》されているときだから、このときの銃撃は佐室とは別人の仕業ということになる。だが、三宅の殺害事件で使用されたのは佐室の銃だった。ということは、何者かが佐室の銃を使って、ふたたび喜三郎の命をねらったということになる。

「ということは？」

国東警部は喜三郎の顔を見た。

「ええ。佐室兵助は三宅卯之吉殺しの犯人ではない、という可能性が高いということです。監獄に拘留されている佐室が、昨晩あたしを銃撃できるはずがないし、そもそも佐室があたしを殺す動機がありません」

「うーん」

国東警部は腕を組んで唸《うな》っている。

「しかしながら、保護銃を容易に手にすることができる者は神田郵便支局のなかにしかいません。部外者が内部にはいりこめば、かならず怪しまれますから」

「支局の局員のなかに犯人がいるとな？」

「三宅が殺害されたとき、佐室は自分は銃をもって出なかったと主張した。その発言に対して、もって出たと偽《にせ》の証言をした者です」

「黒沼か！」

「はい。保護銃は緊急の場合に機能しないと困るので、定期検査があり、各自が日ごろからまめに手入れをしています。銃の保管箱には番号がついていて、集配人は責任をもって管理することが義務づけられています。佐室があの日、現金の配達がなかったため、保護銃をもって出なかったのを見計らって、あとから黒沼が佐室の銃を持ちだし、それで三宅を撃ち殺したということでしょう」

保護銃の点検は厳しいが、銃弾の管理のほうは意外と大まかで、使用してなくなった分はその都度《つど》銃弾箱に補填《ほてん》することになっていた。つまり、銃弾は使い放題というわけである。

「うむ。すぐに黒沼を確保しよう」

そのあと、喜三郎は神田郵便支局に出勤し、いつもと同じように制服に着替えて集配に出た。玄関口で国東警部たち捜査員とすれ違ったが、なに喰わぬ顔でいた。

「黒沼甚八《じんぱち》はおるか！」

国東警部の胴間声が背後で聞こえた。その後、集配に出かけようとしていた黒沼を取り押さえようと大捕物があったが、喜三郎はすでに局外に姿を消していた。

三日後の夕方、国東警部が喜三郎を訪ねて神田郵便支局にやって来た。

「他人には聞かせられぬ話じゃ」と国東警部が言うので、喜三郎は建物の裏手に警部を案内した。仕事を終えたばかりの馬車や人車の横をぬけて、神田川に面した路地まで歩く。

「黒沼が吐いたぞ」

夕暮れの川面を眺めながら、国東警部が言った。

「そうですか」

「なかなか、したたかな奴じゃった。脅《おど》したり、すかしたり、ちっとばかり拷問《ごうもん》じみたこつもやったが、三宅卯之吉を銃殺したのは自分だと白状ばしおった。宴会の席で佐室が三宅にいじめられているのを利用して、佐室に罪を着せようとしたと抜かしおったわい」

三宅殺しの現場を料理屋の女中に目撃されたことについては、だれにも見られなかったらそれでよかったし、見られたら見られたで集配人が犯人であるという情報を当局が知ることになり、当日銃を持ちだした佐室が第一の容疑者として浮上するので予定どおりの筋書きであると答えたという。

男坂下の三宅殺害のときは、佐室の銃を保管箱から取りだし、三宅を撃ち殺したあと、また戻しておいたと自白したのは喜三郎の推理どおりだった。三宅が毎月一日と十五日の二回、松月に顔を出す常連客だということを探りあてた黒沼は、事件当日の一月十五日の朝、佐室の保護銃を持ちだしたのである。黒沼の担当区域は神田旅籠町《はたごちょう》、同朋町《どうぼうまち》一帯で、犯行現場の神田明神下とは目と鼻の先であり、集配途中での殺害は可能である。

喜三郎襲撃のときは、佐室が勾留中だったので佐室の銃を持ちだせないから、黒沼自身の銃を佐室の保管箱に入れ、代わりに佐室の銃を取りだし、その銃で喜三郎を撃ったと白状した。

なぜそんな面倒なことをしたのかと訊かれた黒沼は、自分の銃は殺人には使いたくなかったと勝手なことを言ったという。まだ巡査も持っていない銃を自分が所持しているという優越感は、黒沼の自尊心を大いに高めたようだった。

「黒沼は銃に異常な興味ば抱いていてな、のべつ自分の銃を布切れで磨いていたそうじゃ」

一種の偏執狂《へんしゅうきょう》じゃな、と国東警部は言った。

だが、その執着が墓穴《ぼけつ》を掘ったのである。

加えて、命取りとなったのは、黒沼が銃弾から銃が特定されるという知識がなかったことだった。薄暮の冬空を画布《がふ》に、いくつかの星がきらきらと点綴《てんてい》している。その下に万世橋が見える。ちょうど点灯夫が点火棒でガス灯に火をともしたところで、橋のふたつのアーチが川面に映り、あたかも眼《め》鏡《がね》のように見える。人々から眼鏡橋と愛称されるゆえんである。

「ただ、黒沼が三宅を殺した動機が、いまひとつわかりません」

喜三郎が疑問を呈した。

「わが警察も役立たずのボンクラぞろいばかりではなかぞ。黒沼が神田郵便支局に勤務するきっかけを探っていたところ、飾磨丑之助とのつながりが見えてきたのじゃ」

「局長の？」

思ってもいなかった名が飛びだしてきて、喜三郎は仰天した。

「そうじゃ。局長の飾磨丑之助じゃ」

黒沼と飾磨のつながりが見えたところで、警察は飾磨の身辺を洗ってみた。すると、飾磨には収入以上の支出があることが判明した。さらに捜査をつづけると、驚くべき事実が明らかになった。

飾磨局長は、知人、親族、顧客ら四十余人に「利率のよい特別な貯金がある」と話をもちかけ、捏《ねつ》造《ぞう》した郵便貯金証書に金額を記入して渡し、六千円もの多額の金をだまし取っていたのだった。そして深川や向島《むこうじま》の料亭で豪遊したり、根岸の別荘に女中つきで妾《めかけ》をかこったり、裏では遊蕩三昧《ゆうとうざんまい》の暮らしをしていたのである。

ふとしたきっかけで局長の尋常でない散財を知った三宅は、さっそく帳簿類を調べてみた。そして不正な会計を発見した。

その秘密をかぎつけた三宅は、黙っていてやるからとしばしば飾磨に金を無心したのだった。日ごろから局員たちに綱紀粛正《こうきしゆくせい》を唱えていた副局長の三宅が、局長である飾磨の不正を見逃していたのみならず、金を要求しつづけていたのである。

「三宅の狡猾《こうかつ》なところは、一度に大金をせしめるのではなく、いわば細く長く、飾磨から金を無心しつづけていたことじゃ」

国東警部は不快な表情を隠そうともしなかった。

三宅は毎月二回、決めた日に決めた金額を飾磨から受け取っていたという。それが一日と十五日であり、その金を手にした三宅はなじみの松月に出かけて飲み食いをしていたのである。

「上に立つ人間がこのざまじゃ、規律も規則もあったもんじゃなか……」

国東警部の話を聞いている喜三郎は、あきれ返って言葉も出なかった。

三宅には妻と、十九になる息子をかしらに三人の子どもがいるが、妻の話によると、三宅はここ数年、ずいぶん金遣いが荒くなったということだった。給金以外に収入があるようなので、その出どころを訊ねても「俺のすることに口出しするな」と怒りだし、取りつく島もなかったという。

一方、黒沼はあるとき、三宅が飾磨に無心する現場をたまたま目撃し、その理由を飾磨に訊ねたところ、飾磨はしぶしぶ経緯を話した。

「とんでもねえ野郎だ。あっしにまかせておくんなさい」

そう言って、黒沼は分厚い胸を片手でたたいた。

黒沼はもと飛脚だったが、郵便制度のために失職し、生活に困っていたところを飾磨局長に声をかけられ、いまの集配人の仕事につくことができたという。黒沼は恩義を忘れず、飾磨を脅していた三宅を殺し、いままた余計な探索をつづける喜三郎まで殺害しようとしたのだった。

ところが捕縛されたのち、黒沼は三宅殺害と喜三郎の殺人未遂については認めたが、どちらも自分ひとりの意思で犯行に及んだと主張して譲らなかった。飾磨の指示はいっさいなく、自分が勝手に忖《そん》度《たく》して、犯行に及んだのだと言い張った。

一方、取調べで飾磨は、長年にわたって詐欺《さぎ》行為をはたらき、そのことを知った三宅から何度も金をせびり取られたことは認めたが、三宅殺しについてはいっさい関わりがないと主張した。

これで飾磨が、黒沼に三宅の殺害を教唆《きょうさ》したという線は薄くなってしまった。仕方なく黒沼の単独犯ということになった。

「三宅の死体が男坂下で発見されたとき、飾磨は心当たりはないと抜かしおったが、とんでもなか。やつは三宅から口止め料として何度も金ば要求されていたんじゃ」

国東警部は思いだして、憤慨《ふんがい》した。

とりあえず黒沼のほうは立件できることになったので、ここで一気に飾磨を追及し、逮捕にこぎ着けようというのが捜査陣の結論だった。

殺人の濡れ衣を着せられ拘留されていた佐室兵助は、日を置かずして鍛治橋監獄分署から釈放されて自宅にもどった。

# 五

　その後、すっきりとしない結末を迎えて鬱々《うつうつ》とした日々を過ごしていた喜三郎のもとに、ある晩、国東警部が訪ねてきた。手には麻袋をさげていた。

「いちおう事件解決ということで、いっしょに飲もうと思ってな」

　国東は遠慮なく座敷に上がり込むと火鉢の前にあぐらをかいて、麻袋から一升徳利《いっしょうとくり》と竹の皮につつんだ佃煮を取りだした。

「よくここがおわかりで……」

　喜三郎は台所に立って、盃と箸をふたり分もってきた。石油ランプを近くに寄せる。

「わが警視庁の捜査力に不可能はなか」と国東警部は口髭をひねって胸を反《そ》らしたあとで、「いや、できぬこともあるわい」と小さく言った。

　国東警部は、畳のうえに置かれたふたつの盃を見ると、「独り住まいのくせに、しゃれたものがあるのう」と半ばからかうような口ぶりで言った。

「湯呑みについだ酒なんざあ、飲めたもんじゃない」

　喜三郎は真顔《まがお》で答えた。

　国東警部はなにも言わずにそれぞれの盃に酒をつぐと「まあ、一杯いこう」と言って、一気に飲み干した。開いた竹の皮のなかのしじみの佃煮を箸でつまんで、口に入れる。喜三郎も酒を口に含んだ。

「今度の一件では世話になったな。あやうく冤罪事件を引き起こすところじゃった」

改まった口調で国東警部が礼を言った。

「いいえ」

「実はな……。ここだけの話だ、だれにも言うな」

急に声をひそめて、国東は話しはじめた。

飾磨局長が詐欺行為をしたという罪状は明々白々であり、裏帳簿や被害者の存在も確認されていて、当人が謝罪の意をあらわしているのだから、当然、警部は逮捕状請求に踏みきった。

ところが、手続きが済んで逮捕状発付までこぎ着けたところで突然、上層部から逮捕差し止めの命令が下った。

「ここまで来て……。あり得ない！」

捜査に関わった刑事たちは、口ぐちに不満をぶちまけた。

「なぜ？」

得心が行かない国東警部は当然、上司に談判《だんぱん》した。

「わしも知らん。とにかく上からのお達しだ」と上司はそらとぼけて答えた。

飾磨は、横領した金はかならず全額返却すると言いだしたという。

「どうやら飾磨のやつ、動産不動産ひっくるめてすべて処分し、横領した金の返済に充《あ》てるから、どうかひとつ罪一等は免除してくれと、ある人物に泣きついたそうじゃ」

そこで国東警部はすこし間を置いて、喜三郎の顔を見た。

「だれじゃと思う?」

国東警部は盃の酒を口に含んだ。

「もちろん有力者でしょうね」

「うむ」

「じゃあ、警視庁の上のほう」

「大当たりじゃが、いまの総監ではなか。次の総監と噂されておる人物じゃ」

「次の警視総監……」

喜三郎は思わず盃を落としそうになった。

「いまは静岡県令じゃった大迫貞清《おおさこさだきよ》という方が、四代目・警視総監に任じられておる」

つまり、五代目と目《もく》されている人物が今回の揉《も》み消しの張本人だということだ。

「おはん、三島通庸という名ば聞いたこつがあっか」

一介《いっかい》の郵便集配人である喜三郎には聞きなじみのない名であったが、政治中枢に近い国東警部はよく知っているようだった。

「三島通庸という男は、おいと同じ元薩摩藩士でのう。年はおいより少し上じゃから、もうすぐ五十になろう」

三島通庸は討幕運動や戊辰《ぼしん》戦争での業績を認められ、維新後は東京府権参事《ごんのさんじ》、教部大丞《だいじょう》の職を経て、明治七年に酒田県令となった。その酒田で起こった農民運動「わっぱ騒動」を弾圧し、名を轟《とどろ》かせる。

明治九年に山形県令、同十五年に福島県令となってからは、会津若松から山形、栃木、新潟の各県に通じる三方《さんぽう》道路の工事を計画。理不尽な労役と苛酷な税を強制したので自由党員らが抵抗したが、これも弾圧した。世にいう福島事件である。

三島は翌年、栃木県令を兼任すると、またしても強引な土木工事を推し進め、急進的な自由党員から命を狙われることになる。これが加波山事件である。そして翌年、数々の強権的ともいえる土木工事の実績を買われて内務省土木局長に任じられ、今日に至っている。

「道普請《みちぶしん》のほかにも、県庁、病院、学校、橋などいろいろと建設して人々の暮らしにも役立ってはいるんじゃが、如何《いかん》せん、自由民権運動を蛇蝎《だかつ》のごとく忌《い》み嫌っておる人物じゃ。土木県令と称賛される一方で、鬼県令ともいわれて恐れられておる。毀誉褒貶《きよほうへん》半ばする御仁じゃ」

国東警部はため息を吐くと、盃の酒を一気にあけた。

そんな剣呑《けんのん》な男が官憲の中枢におさまろうとしていることに、喜三郎は戦慄《せんりつ》を覚えた。

「世の中では人が集まれば、やれ自由じゃ、やれ人権じゃと騒いでおるが、はたしてこの国に真の自由や人権というもんが根づくもんじゃろうかのう……」

権力側の人間が思わずもらしたひと言に、喜三郎は返答できなかった。

飾磨局長の出身は栃木であり、その人脈を通じて三島通庸の知遇《ちぐう》を得たらしい、と国東警部は補足した。

いずれにしろ、飾磨は東京の郵便局からは所払いとなるだろうが、とりあえず三島の息がかかった栃木や福島で数年をやり過ごし、ほとぼりが冷めたころに都のしかるべき局への返り咲きを考えているにちがいない。

（警察の手の届かない場所へ一時的に逃れるということか……）

悔しいが、どうしようもないと喜三郎は唇を噛んだ。

この事件が公《おおやけ》になれば、せっかく軌道に乗ってきた官営郵便制度に非難が集中する。早いうちに闇にほうむって、なかったことにしたいというのが上層部の思惑《おもわく》だったのだろう。

数日後には、飾磨は返金して罪をまぬがれ、黒沼は殺人と殺人未遂の罪で起訴されることになるだろう。国東警部にとって大いに不満が残る結末となったが、それも仕方がなかった。

「得心がいかぬ終わり方となったが、実はおいも胸くそがわるいのじゃ」

範《はん》を垂《た》れるべき立場の郵便支局長が不正をはたらき、それを取り締まるべき警察が不正の荷担《かたん》をする。喜三郎は、世の中の理不尽の一端を垣間見《かいまみ》たような気がした。

国東は、喜三郎の心中を察するように言った。

「じゃっどん、捜査の過程で明らかになったこつがあってな」

国東警部は徳利から盃に酒をつぎながら、次のような話をした。

飾磨局長の妾である三十のお里には小新聞《こしんぶん》の記者と自称する二十五になる愛人がいて、この畑野猪《はたのい》之吉《のきち》という男にお里が金を貢《みつ》いでいたというのだ。さらに捜査員を驚愕させたのは、この猪之吉には十八になる代志子《よしこ》という恋人がいて、この代志子が飾磨のひとり娘だったという事実だった。猪之吉は、世間知らずの代志子を籠絡《ろうらく》して娘婿《むすめむこ》にでもなろうと考えていたのだったが、まさかその父親が詐欺行為をはたらいていたとは微塵《みじん》も疑わなかったのである。

「因果《いんが》はめぐるというが、飾磨が妾に貢いだ金がその愛人の男の手にわたり、その男の金が自分の娘との逢瀬《おうせ》に使われていたというわけじゃ」

　国東警部の顔はほんのりと赤くなっている。

　代志子は、もちろん自分の恋人が父親の妾の愛人であるとは知るよしもなかったし、お里のほうでも自分に飾磨以外の若い愛人がいるなどとは口が裂けても言うはずがない。

　猪之吉はやがてはお里と手を切って、名誉も地位もある局長のひとり娘と所帯をもつことを目論《もくろ》んでいたのだったが、それが今度の事件でご破算《はさん》となったのである。

　喜三郎はじっと聞き入りながら、盃の苦い酒を口に含んでいた。

　だいぶ夜も更けた。徳利の酒もほとんどなくなった。どこかで犬の遠吠えがする。

「おはん、腕も立つようじゃし、頭もはたらく。刑事に打ってつけの人物じゃ」

「それは買いかぶりというもの」

「上に口を利いてやるが、警察ではたらく気はなかか」

「やめときましょう。上からの命令が絶対だということは、今回の事件で知らされましたから。あたしは、ただの郵便集配人です」

「そうかい。それもそうじゃな」

　国東警部はあっさりと自分の提案を引っ込めた。はなから喜三郎を勧誘する気なぞなかったのだろう。

「おいはな、西南戦争の生き残りじゃ。あのころの青年は、この国の将来を本気で考えておったのじゃがな……」

国東警部は立ちあがった。そして、「帰るぞ」と言い残すと腰障子を後ろ手で閉めて、闇のなかへ去っていった。

首領にまつりあげられた西郷隆盛《さいごうたかもり》の自刃《じじん》で幕をおろした西南戦争は、ある意味で明治新政府の高官たちの不正と腐敗に対する不平士族らによる最大の反逆だった。その反乱軍の生き残りだという国東がなぜ警視庁警部の職につくことができたのか、おそらく特別な子細《しさい》があるのだろう。

旧幕臣の喜三郎は、薩摩の人間にいい感情は抱いていないが、この警部にはなぜか親近感を覚えるのが不思議だった。

数日後の夕方、珍しく早めに仕事を終えた喜三郎は、相生町の佐室の家を訪れた。頬をなでる柔らかな風が、春の訪れが近いことを告げている。

「ごめんなさいよ」

「これは、藤丸さん」

煎餅布団《せんべいぶとん》に横になっていた佐室は、突然の来客に起きあがろうとした。監獄での拘留生活ですっかりやつれていたが、思いのほか元気そうだった。

「そのまま、そのまま」

喜三郎は戸口に立ったまま、佐室を片手で制した。

台所で夕飯の支度をしていたお加津が、手を休めてふり返った。

「なにかとお世話になりました」

細い体を折り曲げてお加津は礼を言った。

姉様人形で遊んでいたお栄は、じっと喜三郎の顔を見上げていた。

「どうだい、具合は？」

喜三郎は佐室に訊ねた。

「はい。すっかり足腰がよわり、皮膚病もわずらってはいますが、どうやらこうやら……」

佐室は寝間着のなかに片手を入れて、胸をさすった。

「そうかい。おいおいよくなっていくさ」

喜三郎は片手にもっていた竹籠《たけかご》を座敷のすみに置いた。

「兵助さんに精をつけてもらおうと思ってな」

竹籠のなかには、ふっくらとした白い玉子が五つほどはいっている。

「こいつは、せいぶん……」

「せいぶん」とは集配人のあいだの符丁《ふちょう》で、玉子のことをいう。いつの間にか広まった言葉だが、どうやら精分をつけるかららしい。

「ありがとうございます」

お加津が礼を言った。佐室も頭を下げた。

「もうすぐ雛祭《ひなまつ》りだな。お栄ちゃんには、こいつをあげよう」

喜三郎は懐から紙でできた男雛《おびな》と女雛《めびな》の二体の雛人形を取りだして、お栄に渡した。数日前に、十《じっ》軒店《けんだな》の雛市で買っておいたものだ。

お栄はそれまで手にしていた姉様人形を破れ畳のうえに置くと、うれしそうに雛人形を小さな両手で受け取り、にっこりと笑った。

「お栄、お礼は？」

佐室が娘に言った。

「おじちゃん、ありがとう」と、お栄ははにかんだように下を向いて礼を言った。

そのとき喜三郎は、初めてお栄の笑顔を見た。子ども本来の可愛らしさがようやく見られたと喜三郎は思った。同時に、妻のお寿美も生きていれば、こんな可愛い娘か息子が生まれていたのだろうと思った。

# 第二話　虎は生きて子を残し、巡査は死して名を残す

## 一

久松《ひさまつ》警察署の小川佗吉郎《おがわたきちろう》巡査は、血気《けつき》盛んな二十三歳の若者である。誇り高く、任務に忠実で、真面目一途《いちず》であると自他ともに認める人物だった。

小川巡査はもと加賀藩士で、縁あって現職についたが、いつかは手柄を立てて警察機構の片隅にでもなんとかして名を残したいと、つねづね思っていた。

薄寒い十月中旬のその日も、担当区域である浜町河岸《はまちようがし》界隈を鵜《う》の目鷹《たか》の目で巡回していた。すると、挙動不審な五十前後の無頼漢《ぶらいかん》風の男を発見した。薄汚れた羽織り袴を身につけ、頭には黒の山高帽子をかぶり、眉の濃い、顎《あご》の張った、への字口の顔貌《がんぼう》で、見るからにひと癖ありそうな男だった。

小川巡査は、不穏な雰囲気をただよわせているその男のあとをしばらくつけることにした。すると男は、これといった目的地もなさそうに、あちこちの路地裏をのぞき込んだり、遠くから派出所の巡査の動向をうかがったり、観察している小川巡査に不審を抱かせるような振る舞いをくり返していた。

（うむ。怪しいやつだ……）

二時間ほど男の行動を観察していた小川巡査は、通油町《とおりあぶらちょう》から通塩町《とおりしおちょう》に架かる緑橋《みどりばし》の近くまで来ると、意を決して男に声をかけることにした。

「もし、そこの御仁《ごじん》」

威圧感を示すために、小川巡査は腰に佩《は》いたサーベルをジャラジャラいわせて近寄った。

「なんじゃ？」

相手が巡査であると認めても臆《おく》することなく、男はギロリと目を剥《む》いてふり返った。

「警察の者だがね」

小川巡査は、不遜ともいえる男の態度にいささか腰が引けたが職務質問をつづけた。

「見ればわかる」

相変わらず男は泰然自若《たいぜんじじゃく》としている。

「なにをしているのかね？」

「なにをって、見ればわかるじゃろう？」

男は次第にいらいらした態度を示してきた。

「わからんから訊いているんだ」

小川巡査のほうも、相手の傲岸《ごうがん》な物言いに腹が立ってきた。

「巡回じゃよ、巡回」

「巡回？」

おうむ返しに言って、小川巡査はまじまじと相手の顔を見つめた。

「わしゃ、三島《みしま》じゃ。警視総監の三島通庸《みちつね》じゃよ」

そっくり返って名のる男の顔を見直して、小川巡査は驚愕した。と同時に、思わず周囲を見回した。

巡査と不審な五十男との会話を訝《いぶか》しげなようすを露《あら》わにして、人々が通りすぎていく。

(この方が……)

酒田県令、山形県令、福島県令、栃木県令と重職を歴任し、強引な土木工事と自由党の弾圧によって「土木県令」「鬼県令」としてその名を馳《は》せた三島通庸は、昨年十二月末に第五代・警視総監に就任した。

なにかの折りに三島が久松警察署を訪れたとき、小川巡査は同僚とともに遠くから顔を見かけたことがあったが、すっかり記憶から抜け落ちている。おそらく街ですれ違っても、三島警視総監とはまず思わないだろう。

「おはん、どこの警察署の者じゃ？」

相手が薩摩弁で詰問《きつもん》した。

「はい。久松警察署に勤務しております」

小川巡査は薄寒い時季にもかかわらず、脇《わき》の下に大量の汗をかいていた。

「そうか。久松警察署長は、たしか岡村と申したな。して、おはんの名は？」

「はい。小川佗吉郎と申します。階級は巡査であります」

「そうか。おはんらのような若い巡査がしっかりと市中を見回ってくれるから、東京の治安が保てるのじゃ。武術のほうも怠《おこた》るでないぞ」

男はそう鼓舞《こぶ》して小川巡査の肩をたたくと、きびすを返してガス灯のともる大通りを歩いていった。

小川巡査の汗はまだ引かなかったが、内心ほっとした。てっきり頭ごなしに叱責《しっせき》されるかと思っていたのだが、意外な結末だった。

いま思うと、三島があちこちの路地裏をのぞき込んでいたのは、怪しい者が潜《ひそ》んでいないか確認していたのであり、遠くから派出所の巡査の動向をうかがっていたのは、巡査が気をゆるめて勤務を怠ったりしていないかを監察していたのである。

警視総監自らがお忍びの探索をするというのも異例のことだが、それには理由がある。四年ほど前から東京市中では、短銃を携《たずさ》えて数十個所に押し入り、五人を殺害するという連続強盗が出没していた。目撃者の話を総合すると、凶賊は盲目の按摩《あんま》師《し》に扮装して巧みに捜査の手から逃れていた。凶悪犯を早く捕らえてくれという人々の声は日増しに高まり、警視庁でも所轄の巡回をさらに徹底するように通達を出したばかりであった。

(今日の失態をいつか埋め合わせしなければ……)

若い小川巡査はあらためて気を引き締め、薄暮の街の巡回をつづけるのだった。

一方、小川巡査と別れた男は、一町ほど歩いたところで、うしろをふり返った。巡査の姿はもう見えなくなっていた。

(ちょっと、やばかったな……)

いくたびも修羅場《しゅらば》をくぐり抜けてきた男も、先ほどはさすがに冷や汗をかいた。

盲目の按摩師として指名手配されているので、ときどきは服装を変えることにしていた。今日はたまたま黒紋付きの羽織と小倉袴《こくらばかま》を身につけ、無頼漢風に変装したのだが、それが幸いした。

若い巡査から声をかけられたとき、とっさに三島通庸警視総監をよそおって、近ごろあちこちで耳にする薩摩訛りらしき言葉で対応したのだったが、それが功《こう》を奏《そう》したようだった。

相手が久松警察署の巡査だと名のったので、適当な署長の名をでっち上げた。でまかせだから、万が一にも当たっているはずはない。ただ、巡査のほうで、警視総監の勘違いを訂正するのはおそれおいと勝手に忖度してくれたのか、追及されなかったのは幸いだった。

捜査技術の未熟な若い巡査を瞞着《まんちゃく》することなぞ、百戦錬磨《れんま》の男にとっては赤子《あかご》の手をひねるよりもたやすいことである。

（しかし、このところ警戒が厳しくなっている。くわばら、くわばら……）

蟻《あり》の一穴から堤《つつみ》が崩壊するという喩《たと》えもある。用心に越したことはない。

男は首をすくめて、ガス灯のともる街並みを早足で去っていった。

二

それから三日後のこと。

釣瓶落《つるべお》としといわれる秋の夕暮れどき、佐室兵助はカンテラをかかげて鎌倉町《かまくらちょう》のあちこちの門柱の表札を見て歩いていた。

（羽鳥、羽鳥と……）

佐室は、今日最後の配達先を探しあぐねていた。革の提《さ》げ鞄《かばん》のなかには郵便為替《かわせ》がはいっている。それを渡せば、今日の仕事はしまいになるのだが、延々とつづく築地塀《ついじべい》のまわりをうろうろ歩くばかりで、肝心の配達先が見つからない。

日ごろから佐室は、誤配や遅配が多く、上司からよく叱責される。郵便集配人として必要な土地勘《とちかん》というものが欠けているのかもしれないと、つねづね思うのだが、いまそんなことを考えても仕方がない。懐中時計を見ると、すでに五時を過ぎていた。あたりの景色は薄墨色に染まっていた。

「おっ、ここだ、ここだ」

佐室はようやく配達先を見つけ、安堵《あんど》した。大谷石《おおやいし》の門柱に「羽鳥」と大きな表札がかかっている。佐室が提げ鞄から郵便為替を取りだそうとしたとき、門柱の陰から突然、声をかけられた。

「配達、ご苦労様です」

黒い影に呼びかけられて、佐室はびくっとした。

「ちょうどよかったよ。いま、出かけるところじゃった。玄関の鍵を閉めたばかりなので、ここで受け取ろうじゃないか」

どうやらこの家の主人らしいが、坊主頭で目が不自由なのか、杖《つえ》を突いている。

「受け取りの印がないと困るんですが」

佐室は遠回しに断りの意を伝えた。

「堅いことおっしゃいますな。手書きの認めじゃだめかい」

男は眉間《みけん》に皺《しわ》を寄せて、強引に言ってくる。

「はあ……」

気の弱い佐室は、あとで理不尽な苦情を訴えられても面倒だと思い、しぶしぶ郵便為替を渡した。目の不自由な男は、馴れた筆遣いで「羽鳥」と受取票に名を記すと、着物の懐に郵便為替を押し込んで、意外な速さでその場を立ち去っていった。

「まるで目が見えるようだな……」

男の姿を見送った佐室は、そうひとりごちた。

その翌日、神田郵便支局に問い合わせのため訪れた人物があった。鎌倉町に住む羽鳥真次郎という恰幅《かっぷく》のいい六十前後の男だった。

「知り合いが郵便為替を送るといったので、昨日は自宅でずっと待っていたのだがなかなか届かない。念のため、先方に送ったかどうかを訊ねたところ、一昨日まちがいなく送ったという。いったいどうなっているのか」

受付係がおどろいて、すぐに局長に事情を伝えた。

そこで局長が区域担当の佐室に質《ただ》してみると、たしかに羽鳥家の門前で主人に渡したという。では、どんな風貌《ふうぼう》の人物だったかと局長から訊かれた佐室は、記憶どおりの風貌を答えた。それを先方に伝えると、相手はそれは羽鳥家の主人ではないという。主人は自分しかいないから、きっとそれは主人を装った詐欺《さぎ》だろうと言った。

これには支局一同、驚愕した。すぐに集配人が集められ、くれぐれも似たような手口には乗らないようにとの注意があった。佐室が厳重注意され、始末書を書かされたのは言うまでもない。

さらにその数日後。

藤丸喜三郎はその日最後の配達を終えようとしていた。

松枝町《まつえだちょう》の弁慶橋近くの、柴葺《しばぶ》きの門がある家の前に立ったとき、喜三郎は門の陰から声をかけられた。

「もうし、郵便集配人のかたですか。うちに届け物ですか」

突然のことで、声をかけられた喜三郎は一瞬、身を引いた。

「はい。田沼さんに郵便為替です」

「いま、ちょうど出かけるところじゃった。わしゃ、この家の主人じゃが、たったいま玄関の鍵を閉めたばかりなので、ここで受け取ろうじゃないか」

五十前後の坊主頭の目の不自由な男が、杖を突いて立っていた。

「受け取りの印がないと困るんですが」

「堅いことおっしゃいますな。手書きの認めじゃだめかい」

「はい、局に帰ってから上司に叱られてしまうもんで」

ここまでのやり取りで、喜三郎は男がくだんの詐欺師だということを確信していた。

すると、「そうかい」と言った男の顔が急に歪《ゆが》んだように見えた。おや、と喜三郎は思った。

「仕方ねえや」と毒づくと、男は背を向けて通りのほうに歩きだした。

「もし、ちょっとお待ちを……」

喜三郎が声をかけても、男はふり返ろうともしない。

「もし……」

喜三郎の呼びかけを振り切るように、男は早足になった。まるで目が見えるようだった。喜三郎は地を蹴《け》ってあとを追ったが、四つ辻まで来たところで姿を見失ってしまった。

「逃げ足の速いやつだ」

喜三郎は仕方なく、来た道をもどり、あらためて田沼家の玄関先に立ち、家のなかに声をかけた。

「はーい」と答えて出てきたのは、四十年配の丸髷《まるまげ》の女だった。質素な身なりの女で、どうやらこの家の女中らしかった。

「神田郵便支局の者ですが、いまご主人がお出かけになる際に、直接郵便為替を受け取りたいとおっしゃいましたが、手続き上、印が必要なものですからお断りしたんですが……」

喜三郎は、いましがたの経緯を説明した。

「あら、うちのご主人さまなら病室で横になっていらっしゃいますけど」

「えっ」

驚いた喜三郎は、先ほどの坊主頭の五十男の風貌を伝えた。

「ご主人さまはもう七十を越えていますし、ずいぶん前から病の床についていらっしゃって、ここ数年は外出したこともありませんけれど……」

女の話を聞いていて、やはり新手《あらて》の詐欺だったかと喜三郎は思った。相手の口車に乗って大事な郵便物を渡さなくてよかったと、ほっと胸を撫《な》で下ろした。同時に、被害が拡大する前に、早くこの男を捕まえなければならないと思った。

三

それから五日ほどのちのこと。

(おや、あいつ……)

珍しく日が暮れる前に最後の配達を終えた喜三郎は、外神田の旅籠町《はたごちょう》の近くでふたたびその男を見かけた。

喜三郎の担当区域は、今年から秋葉原《あきはばら》周辺にも広がっていた。前任者が脚気《かっけ》を理由に退職したからである。これで、従来の担当区域と合わせて、広大な地域をまかされることになってしまった。仕事量が増えたが、上司に文句を言っても聞き入れてくれないことはわかりきっているので、あきらめて粛々《しゅくしゅく》と従事することにしたのである。

男は先日と同じように、按摩の恰好をして、杖を突いている。

刑事でもないのに容疑者のあとをつけるのもどうかと思ったが、なにしろ相手は郵便局に対して詐欺行為という不遜な挑戦をしてきているのだ。多少帰る時刻が遅れても、なにか手がかりくらいはつかんでおきたいと喜三郎は考えた。

(どこまで行くつもりか……)

その間にも、坊主頭の男は目が不自由であるにもかかわらず、杖を使ってずんずんと歩いていく。ときおり道を確かめようとするのか、立ち止まっては後ろをふり返る。まるで目が見えるようなしぐさなので、喜三郎は用心してあとをつけていった。

秋葉原まで来ると、行く手にあたって大きな天幕が見えてきた。真っ青な空を背景に、天幕のてっぺんに立てられた三角形の旗が風に吹かれて、翩翻《へんぽん》とひるがえっている。天幕のなかから楽器演奏による陽気な音楽も聞こえてくる。

正面にまわると、「世界第一チャリネ大曲馬」という大きな看板がかかっていた。イタリアから来日したチャリネ一座が九月一日から、この地で興行していることは新聞や錦絵で広く知られていた。秋葉原のあとは、全国の居留地内外《きょりゆうち》での巡業や、皇居内の吹上御所《ふきあげごしょ》での天覧も予定されているという。

天幕の前までやって来た男は、日本人の木戸番に「おもしろいかい」と訊いた。

「ええ、そりゃあもう、本場イタリアからやって来た大曲馬団ですから」と答えた木戸番は、相手の目が不自由なことに気づいた。

「なあに、目は見えなくとも耳で楽しむことはできるよ」と、木戸番の心を推し量って男は答えた。そして懐の巾着《きんちゃく》から小銭を取りだすと料金を払って、すたすたと場内にはいっていった。

「耳で聞くったって、ほんとに楽しめるもんかね」

木戸番は首をかしげた。

「もうし、ちょいと訊ねるが」

番台の下に立った喜三郎は、饅頭笠《まんじゅうがさ》を持ち上げて男に訊ねた。

「なんだい、郵便物なら裏口にまわってくれよ」

黒い制服を着て、「郵便」と書いた鞄をかついでいる喜三郎を見おろして木戸番は言った。

「いや、配達じゃないんだ。いま按摩がひとり、はいっていっただろう」

「ああ、耳で聞くとかなんとか言って、すたすた歩いていったよ」

按摩の次には郵便集配人。今日はおかしな客ばかりがやって来る、と木戸番は思った。

「あんたも見ていくかい？」

「いや、勤務中だ。いちおう確かめただけだ」

喜三郎はかぶりを振って答えた。

男が天幕内にいることはまちがいないが、まさか制服のままではいっていくわけにはいかない。かといって、終演まで天幕の外で待っているわけにもいかない。局に帰って、仕事の終了を報告しなければならないのだ。

（ここであきらめるしかないか……）

喜三郎は気休めとは思いながら、天幕の裏側にまわってそれらしい男がいないか探してみた。小さな天幕があったので中をのぞいてみると、鉄の頑丈な檻《おり》のなかに閉じこめられていた虎や獅子《しし》や羆《ひぐま》が、見知らぬ闖入者《ちんにゅうしゃ》にガルルと威嚇《いかく》の声を発した。獣の体臭や、餌や糞尿の臭《にお》いが充満している。

虎は二頭いて、どちらも体長はおよそ二メートル、体重は百五十キロはあるだろう。別々の檻に入れられているが、一頭の腹がふくらんでいるのは、近々子を産むのだろう。出産まぢかで、苛立《いらだ》っているように見える。

「なにか用か、郵便屋」

天幕のなかをのぞいていた喜三郎の背後から呼びかける声がして、思わずふり返ると、派手な肉襦《にくじゅ》袢《ばん》を着た日本の曲芸師らしい男が胡散《うさん》くさそうな顔をして立っていた。

「いえ、住所をまちがえたようで……」

喜三郎はとっさに答えて、踵《きびす》を返した。

(仕方ない。今日はここまでだ……)

喜三郎は薄暮の秋葉原を、神田郵便支局に向けて早足で歩いていった。

一方、天幕のなかにはいった男は目を開くと、数千人もの観客の数に驚いた。薄寒い十月だというのに、場内は熱気と歓声で満ちあふれている。

むしろを敷いた見物席の真ん中には円形の演技場が設けられていて、楽隊の音楽にあわせて三頭の馬たちが早足でまわっていた。そのうちの先頭の馬の背中には、三人の原色の衣装を身につけた少女たちが手を組んで均衡をたもちながら乗っていた。

つづいて若い女が片脚で馬の背中に立ち、最後の馬の背中には逆立ちをした若い男が乗っていた。そして時折、えんじ色の天鵞絨《びろうど》に金のモールを縫いつけた服を着た中年の赤ら顔の西洋人が、駆けまわる馬たちを鼓舞するように手にした鞭《むち》でビシッ、ビシッと地をたたいた。曲馬団という名のとおり、馬を扱った数々の曲技で観客を楽しませていた。

「どうだ、庄太、おもしろいか」

「うん、おもしろい」

「連れてきてもらって、よかったね、庄太」

はずんだ声が聞こえてきたので、男はうしろをふり向いた。五歳くらいの坊主頭の男児を真ん中にして若い夫婦が座っていた。

「おとっつぁんが庄太よりもう少し大きかったころ、フランスからスリエ曲馬団というのがやって来てな、とっつぁんにせがんで東京招魂社《しょうこんしゃ》まで連れて行ってもらったことがあったんだ」

「楽しかった？」

「ああ、楽しかったよ。だけど、あんときと比べて、今日のほうが何倍も大仕掛けでおもしろいよ」

「あたしたち、おとなが見たって楽しいものねぇ」

母親がうなずいて、親子の会話が途切れることなくつづいている。

男もたしかに楽しいと思った。

（子どもだましかと思っていたが、案外おもしろいじゃねえか……）

追っ手を撒《ま》くつもりではいった曲馬団の天幕だったが、男は見ているうちに童心にかえって釘付けになった。

そのあとも、熊の相撲、獅子の火の輪くぐり、少女の綱渡り、屈強《くつきよう》な男子ふたりの空中ブランコなどが披露され、音楽を交えた大仕掛けの内容に男は固唾《かたず》を呑んで見入っていた。

天幕のなかに逃げ込んだときには、すぐに裏口から抜け出ることも考えたが、なまじ途中で抜け出せば周囲の目を引く。それよりも出し物がすべて終わったところで、大勢の人並みにまぎれて姿を消したほうが得策だと男は判断したのだ。そこで、早く立ち去りたい気持ちをおさえて、大勢の観客たちと見物することにしたのだった。

見物の最中、前の席の家族連れが痴話喧嘩《ちわげんか》をしているのが耳にはいった。

「文三《ぶんぞう》さん、おもしろい？」

いま流行の洋風束髪《そくはつ》にバラの花かんざしを挿《さ》した十七、八の娘が二十代前半の男に小声で訊ねている。

「うん。おもしろいよ、お勢さんは？」

「あたしもよ」

そこへ四十年配の女が割ってはいった。

「あたしは菊見のほうがよかったよ。ここは、ただやかましいだけだ」

「おっかさん、そんなこと言うもんじゃないわ」

娘が我がままな母親をたしなめる。

「免職になった文三の気散《きさん》じになるからとお前が言うから、出かけてきたけどね。まだ終わらないのかい」

「子どもみたいなこと言わないで。ほら、道化《どうけ》が出てきて最後の挨拶してるわ」

三人が一斉に舞台のほうに顔を向けたとき、男は若者が座席に置いておいた帽子をさっとかすめとった。しゃれた組紐《くみひも》を胴に巻いた中山鍔広帽《ちゅうやまつばひろぼう》だった。これで坊主頭を隠すつもりだ。仕込み杖は目立つので忘れたふりをして置いていこうと思ったが、このあとどんな急迫した事態になるかわからないので、捨てずに持ち帰ることにした。

男はそのまま席を立って、出口に向かった。数分後、帰りを急ぐ観客の波のなかに男の姿が消えた。

# 四

師走《しわす》にはいってすぐのこと。

喜三郎が仕事を終えて帰宅して、ひとり晩飯をすませてくつろいでいるところへ、久しぶりに警視庁のベテラン警部の国東英太郎《くにさきえいたろう》が訪れた。

「おはんの顔ば、見とうなってな」

国東警部は遠慮なく座敷にあがると、どっかと胡座《あぐら》をかいて座った。

「というのは、ごうてん（冗談）じゃ。実はこの近辺で事件が起きたんじゃ。それで、巡査やら刑事やらを手分けして、虱《しらみ》つぶしに捜査しているっちゅうわけじゃ」

国東警部の話によれば、喜三郎の長屋がある佐久間町三丁目の質屋に、つい先ほど強盗が押し入ったという。主人の石渡六兵衛が殺害され、犯人は逃走中とのことだった。

「どうやら、手口が連続短銃強盗に似ているっちゅうので、警察あげての大捜査となっておるんじゃ」

いま世間を騒がせている短銃強盗のことは、喜三郎も新聞や噂で知っている。その手段を選ばぬ手口は、「残虐非道《ざんぎゃく》」「極悪無比《ごくあく》」と喧伝《けんでん》され、人々に恐れられていた。すでに何人も死者が出ている。目撃者の証言では、按摩師の恰好をしていることが多いが、そのつど服装や言葉遣いを変えているので捜索は困難をきわめているらしい。

「三島警視総監も心を痛めておられるそうでのう、お忍びで市内を巡察されているということじゃが、敵はなかなか尻尾《しっぽ》をつかませんのじゃ」

国東警部はひとくさり愚痴《ぐち》をこぼすと、「仕事じゃ、仕事じゃ」と言って、ふたたび捜索に向かった。

宵の町に、巡査らの靴音が響きわたっていた。

それから三日後のこと。

その日の払暁《ふつぎょう》、日本橋馬喰町《ばくろちょう》二丁目にある書肆《しょし》・石川スマ方に、覆面《ふくめん》をして短銃を持った男が侵入した。

「おい、金を出せ」

ドスの効いた声で脅す。年のいった主人は、ぶるぶる震えながら枕元の手文庫から金を取りだそうとした。

そのとき、隣室で寝ていた雇《やと》い人《にん》の岡島長次郎が襖《ふすま》をあけて、「火事だ、火事だ！」と叫んだ。泥棒だと叫んでも、難《なん》をおそれて駆けつける者はいない。その点、火事は場所を選ばず隣近所に被害が及ぶので、類焼をおそれた近隣住民が駆けつけざるを得ない。長次郎の人生経験から生まれた、とっさの機転だった。

「ちくしょう！」

覆面の男は長次郎に向かって発砲した。銃弾は長次郎の右の股《もも》を貫通した。

「ひえっ」

銃声と長次郎の悲鳴とが近隣に響きわたった。

「どうした、火事か。銃声も聞こえたが！」

近所の人々が駆けつけてくる。店の内外は騒然となった。

「なんてこった！」

凶賊は捨《す》て台詞《ぜりふ》を残すと、なにも取らずに裏木戸から逃走した。

店の外で大声と銃声を聞いた人力俥夫が、あわてて派出所に通報した。派出所から所轄《しょかつ》の久松署に連絡がいくと、すわ、事件発生と詰めていた刑事、巡査たちが現場に急行した。

「連続短銃強盗らしき男が現れた。今度こそ、引っ捕らえてくれようぞ！」

警察の威信をかけた捕り物が始まろうとしていた。

藤丸喜三郎《ふじまるきさぶろう》はその朝、久しぶりに休みをとって、亡き妻の墓参のため両国回向院《えこういん》近くにある菩提寺《ぼだいじ》に向かっていた。

日本橋区橘町《たちばなちょう》四丁目の四つ角まで来たところで、背後から大音声《だいおんじょう》が聞こえた。

「曲者《くせもの》、待てー！」

何事かとふり返った喜三郎は、制服警官に追われて走ってくる男の顔を見て驚愕した。

「あの男！」

過日、松枝町の配達の際、他人の家の玄関先で郵便為替をだまし取ろうとした、あの按摩だった。目が不自由なはずだが、いまは大きな目を見開いて必死の形相《ぎょうそう》で宙を飛ぶように駆けてくる。

喜三郎はちょうど通りかかった棒手振《ぼてふ》りの八百屋から天秤棒《てんびんぼう》を借りると、目の前を通りすぎたその男の脚を目がけて槍《やり》のように投げつけた。

「あっ」

棒は見事に男の両脚の間にからまり、男はもんどり打って頭から倒れた。柳剛流《りゅうごうりゅう》の目録をもつ喜三郎ならではの棒術のさえである。

「くそっ！」

痛む脚を左手で撫《な》でさすりながら、男は右手で懐から短銃を取りだした。

喜三郎の脳裏《のうり》に一瞬、かつて同じ神田郵便支局の集配人だった黒田という男に銃で狙われた光景がよみがえった。

男は銃口を喜三郎のほうに向けながら、少しずつ後ずさりをしていく。隙《すき》があれば逃げおおせようとの心づもりである。

「曲者、観念せい！」

息せき切って追いついた小川巡査が一喝《いっかつ》した。同時に、対峙した男の顔を見て驚愕の声をあげた。

「三島警視総監！」

目の前に立っている男は、先日、日本橋の緑橋近くで不審尋問した際、自分は三島通庸だと名のって、小川巡査にねぎらいの言葉をかけた男ではないか。

小川巡査は瞬時に、あのとき、まんまと男の口車《くちぐるま》に乗せられた自分の姿を思いだし、同時におのれの迂闊《うかつ》さに臍《ほぞ》を噛《か》んだ。

「短銃を捨てろ！」

サーベルを抜いて警告する小川巡査に男は発砲した。幸い銃弾は脇に逸《そ》れた。

「やっ」

小川巡査は一瞬の隙を見逃さず、男に組みついた。組んずほぐれつの格闘の最中、喜三郎は手を出すこともできず、立ち尽くしたまま見守っていた。

「どうだ、神妙《しんみょう》にしろ！」

小川巡査がようやく男を抑えこんだところ、男は懐から短刀を取りだし、小川巡査の額《ひたい》や胸や腹を数個所突き刺した。

「うっ」

男のうえに馬乗りになっていた小川巡査が、血だらけの胸をうえにしてひっくり返った。

「あっ」

喜三郎は予期せぬ事態におどろいて、小川巡査に近づこうとした。

「捕まってたまるか！」

男は血だらけの短刀を投げ捨てると、地にころがっていた銃をつかんで喜三郎めがけて発砲した。銃弾は喜三郎のわきを擦過《さっか》した。その隙を見て、男は逃走した。

「待て！」

満身創痍《まんしんそうい》の小川巡査だったが、気力を振り絞《しぼ》って追跡した。行きがかり上、喜三郎も後を追った。

両国横山町二丁目まで来たところで、応援の巡査らが何人も駆けつけた。

「おとなしくしろ！」

巡査らがよってたかって、暴れる男を捕縛した。

「ちくしょう、はなせ、はなせ！」

往生際《おうじょうぎわ》わるく、男は手足をばたつかせていた。

「おい、しっかりしろ、すぐに手当をするからな！」

巡査らは、数十個所の傷を受けて血だらけになった小川の姿にぞっとしたが、すぐに本郷の順天堂に搬送した。

喜三郎は巡査のひとりから事件の関係者として事情を聞きたいと言われ、久松警察署まで同行した。

（大きな傷だったが、助かればいいが……）

喜三郎は道々、心のうちで勇猛果敢《ゆうもうかかん》な巡査の無事を祈った。

## 五

それから数日後、警視庁の国東警部が喜三郎の長屋を訪れた。

「聞いたぞ、聞いたぞ」

国東警部は腰障子をあけると、機嫌の良さそうな顔を見せて、勝手に座敷に上がり込んだ。

「久松警察署の署長から、すっかり聞いたぞ」

国東警部は手にもっていた一升徳利を破れ畳のうえにどかっと置いた。

「またまたお手柄《てがら》じゃったそうじゃの」

あの日、凶悪犯の逮捕に協力したということで、喜三郎はそのまま久松警察署に同行し、刑事から形式的な聴取を受けていた。当初、喜三郎も凶賊の一味かと疑われていたが、丁寧に経緯を説明して誤解を解くことができたのだった。

「手柄なんてものじゃありません」

喜三郎は台所に立って、盃と箸をふたり分もってきた。

「いやいや、一般人にはなかなかどうして、できるもんじゃなか」

盃につがれた酒をかかげて、国東警部はひとくちに飲み干した。

「たまたま通りかかって、ただ天秤棒を投げただけですよ」

「謙遜、謙遜。三島警視総監も、自分の名が悪用されたと大いに憤《いきどお》っておられたが、おはんのお陰で汚名返上《おめいへんじょう》できたと喜んでおられる」

国東警部は喜三郎の盃にも酒をついだ。

「じゃっどん、おはん、あの日はなぜあんな朝早くに橘町辺りにいたんじゃ？」

「亡き妻の墓参りです。菩提寺が少し遠いところにあるので、早めに家を出たんです」

「ほうか、ほうか。おはんの女房どんじゃったら、さぞかし別嬪《べっぴん》じゃったろうな」

十年近く前、コロリにかかって十八でこの世を去った妻のお寿美の顔が、喜三郎の脳裏にふと浮かんだ。たしかに、浅草寺境内にある二十軒茶屋《にじっけんぢゃや》で茶酌《く》み女をしていたお寿美は、難波屋《なにわや》おきたになぞらえるような美人だった。

昨年から流行している虎列剌（コレラ）は今年にかけて、猖獗《しょうけつ》をきわめている。全国の患者数は十七万人近く、死亡者数は十二万人にも届くかといわれる。

「じゃっどん、清水という男、とんでもなく凶悪なやつじゃった」

凶賊の名は、清水定吉《しみずさだきち》といった。清水逮捕の経緯は新聞でも大々的に取り上げられたので、喜三郎も概略は承知している。仕事柄、通信や情報には気を配っているから、新聞もなるべく読むようにしていた。

新聞報道によれば、清水定吉は逮捕当初、神奈川県下の八王子辺りに在住する「太田清光」と名のっていたが、厳しい追及の結果、偽名《ぎめい》であることを自白したという。本名は、本所区松坂町《まつざかちょう》二丁目に住む清水定吉。自宅は香川流按摩揉《も》み療治《りょうじ》（治療）の看板をかかげていた。所持していた短銃は四年ほど前の夏、日本橋浜町《はまちょう》で実弾五十九発とともにひろったと自供。清水はもと旗本松平《まつだいら》某の家来で、剣槍、柔術など武術には心得があったという。

「ご多分《たぶん》に洩《も》れず、旧幕時代の武士のなれの果てといったところじゃや」

国東警部のひと言は、喜三郎の心に刺さった。武術くらいしか取り柄《とりえ》のない人間は、維新後の世の中を生きていく方途《ほうと》をなかなか見つけられなかった。喜三郎が郵便集配人の職に就けたのは実力でもなんでもなく、ただ僥倖《ぎょうこう》であったということだけだった。

「じゃっどん、おはんの胆力《たんりょく》といい武道の腕前といい、実に見上げたもんじゃ。以前も言ったが、警察ではたらく気はなかか」

「前にも言いましたが、あたしはただの郵便集配人です。その気はまったくありません」

「そうかい、そうかい。またよけいなことば言ったな」

国東警部は立ちあがると、「帰るよ」と言って腰障子のところまで行き、片手をふって障子を締めて姿を消した。

喜三郎はそのあと、国東警部が置いていった徳利の酒を盃についで、ひとりでゆっくりと味わった。

「おはんの女房どんじゃったら、さぞかし別嬪じゃったろうな……」

国東警部のひと言が呼び水となって、しきりにお寿美のことが懐かしくなった。外で犬の哀しそうな鳴き声がした。

小川巡査はそののち一命をとりとめ、一度退院したが病状が悪化し、再度入院した。三島総監や警視庁幹部らが病床を見舞い力づけたが、翌年四月二十六日に二十四歳の若さで死去した。

死後、小川巡査は清水定吉逮捕の功績によって、二階級特進の警部補に昇進した。清水定吉が裁判確定後、市ヶ谷監獄で死刑に処されたのは、その五か月後である。

その後、地元では小川巡査の偉功《いこう》をたたえて、久松警察署前の橋に「小川橋」と名づけ、小川巡査の事績を顕彰したといわれる。

死あれば生《しょう》あり。

小川巡査の死後、チャリネ一座が連れてきていた雌《めす》の虎が、無事に三頭の子を生んだ。そのうちの二頭と、上野動物園で飼われていたヒグマ二頭が交換された。翌年、その二頭の子虎たちが一般に公開されたが、神田で産まれた虎だから「神田っ子虎」と愛称され、人気を博したという。

新聞でその記事を読んだ喜三郎は、あのときの曲馬団の檻《おり》のなかにいた雌虎の腹がふくらんでいたことを思いだし、心がなごんだのだった。

# 第三話　書生と毒婦と娘義太夫と

## 一

本橋三四郎《もとはしさんしろう》巡査は、小川橋をわたるたびに、亡き同僚のことを思いだす。小川橋の名の由来となった、小川佗吉郎《たきちろう》巡査のことである。

小川巡査は帝都《ていと》を震撼させた連続短銃強盗・清水定吉《しみずさだきち》の追跡中、凶賊の手にかかって大傷を負ったことが原因で、二十四歳の若さで死去した。まだひと月ほど前の四月二十六日のことだ。

死後、小川巡査は清水定吉逮捕の功績によって、二階級特進の警部補に昇進した。

一方、地元の人びとは、久松警察署前の橋を「小川橋」と名づけ、殉職《じゅんしょく》した若き巡査の勇気ある行為を顕彰《けんしょう》したのである。

本橋巡査はいまも橋の真ん中の欄干《らんかん》に手を置いて、薫風《くんぷう》に吹かれながら、下を流れる川の水面をじっとながめていた。

（あのとき、もう少し早く駆けつけていたなら……）

本橋巡査はくり返し同じ後悔に襲われる。事件の通報を受け、日本橋区橘町《たちばなちょう》四丁目の現場に到着するのがもうひと足早かったならば、ひょっとして小川巡査の命を救うことができたかもしれないと自分を責めるのである。

本橋巡査は小川巡査とは同期であり、年齢も同じだった。勤務中はもちろん、仕事を離れても寄席や花見など、独身どうし、よく連れ立っては出かけたものだった。まさに肝胆相照《かんたんあいて》らす仲だったといってもいい。その無二の友が凶賊の手にかかって、命を落としたのである。本橋巡査の無念さは計り知れないほどであった。

互いに若いこともあって、やがては警察という組織のなかに確固たる地位を占めたいと青雲《せいうん》の志《こころざし》を語り合ったものだったが、それもいまでは懐かしい思い出のひとつとなった。

「さて、気を引き締めて巡邏《じゅんら》に行くか」

自分に気合いを入れるように声に出して言うと、本橋巡査は橋のたもとに向かって歩きだした。

久松警察署の管轄内には、浜町《はまちょう》と呼ばれる一帯があり、多くの町芸者たちが住んでいることで知られている。本橋巡査がちょうど浜町二丁目までやって来たとき、一軒の家から男女の罵《ののし》りあう声が聞こえてきた。茶碗か湯呑みか、ものが壊れる音もする。

何事かといぶかしく思って、柴葺《しばぶ》きの門の前まで来ると、「酔月《すいげつ》」という名を記した看板が出ていた。どうやら待合《まちあい》らしい。中で客が揉《も》め事《ごと》でも起こしているのかと思った本橋巡査は、門をはいって敷石を踏み、正面にある格子戸《こうしど》をあけ、声をかけた。

「もし、久松警察署のものだが、なにかあったのか！」

店の奥の怒鳴り声に負けないように、大きな声で呼びかけた。

すると三十すぎの男が、奥から姿をあらわした。客商売には不似合いな貧相な容貌をしている。男は制服姿の巡査を見ると、顔色を変えた。

「これは、これは、警察の旦那ですか。いや、なにね、ただの親子げんかでさあ。いつものことで、すぐに収まります、へえ」

右手でこめかみのあたりをぽりぽりと掻きながら、男は如才《じょさい》なく答えた。

本橋巡査が怪訝《けげん》そうな顔をして奥のようすをうかがっていると、今度は女が出てきた。

「どうしたのさ、峯《みね》さん、お客かえ?」

色の浅黒い、背丈のすらりとした美人が男に訊いた。同時に制服巡査の姿をみとめると、女は婉然《えんぜん》と微笑んだ。

「わざわざ警察のかたのお手をわずらわせるほどのこともないんですよ。なあに、年とった父親がいつものわがままを言ってるだけでしてね……」

「お梅、わがままとは、なんだ! 店をほったらかして、勝手なことをしくさっているのは、お前のほうじゃろう!」

女の声を聞きつけたのか、奥の座敷で父親の怒鳴る声がした。

「へえ、そんなわけでして。内輪《うちわ》のみっともねえ姿をさらしちまいましたが、警察のかたのお手をわずらわせるまでもないことでございまして……」

男は両手をすりあわせて、上目づかいで言う。

女のほうは、仏頂面《ぶっちょうづら》を隠そうともせず、腕を組んでじっと佇《たたず》んでいる。見るからに利《き》かぬ気の女であることがわかる。

「そうか、それならいいが。くれぐれも刃物沙汰《はものざた》だけはするでないぞ」

「へい、そりゃあもう、心得ておりますよ」

釈然《しゃくぜん》としないいながら、本橋巡査は男と女に念を押して、酔月をあとにした。

ところが本橋巡査が去ったあと、ふたたび酔月の居間で口論がはじまった。

「とんだ邪魔がはいった。さっきの話のつづきだが、お梅さん、相手が壮士《そうし》じゃあまりに剣呑《けんのん》すぎるぜ」

畳のうえに正座した峯吉が、たたずむお梅の顔を見あげて難詰《なんきつ》する。峯吉は、お梅より十年上の三十四歳だった。

「なに言ってるんだい。このあいだ銀座の煉瓦街《れんががい》で、あたしゃ、伊藤博文《いとうひろぶみ》の二番目の女房というのが、立派な二頭立ての馬車から降りるのを見たよ。みんなが、あれが芸者あがりの首相の女房だというからさ、あたしも近くに寄ってご尊顔《そんがん》を拝謁《はいえつ》したけどね、うらなりみたいな面《つら》をした女だったよ。べたべた厚化粧してさ。芸者が国のお偉いさんの女房におさまっているのは玉の輿《たまのこし》だから勘弁するとして、あたしと同じ梅子という名だと聞いて肝《きも》が煮えたよ。首相の妻の座に芸者が据《す》えられる世の中で、芸者が壮士の情人《いろ》になったとて、どこが悪いというのさ。ああ、くさくさする！」

そう毒づきながら座りこんだお梅は、長火鉢《ながひばち》の火を煙草にうつして、すぱすぱと煙管《きせる》の口を吸いこんだ。お梅の言葉のはしばしには、明らかに伊藤博文夫人への羨望《せんぼう》と嫉妬とが入り交じっていた。器量ならどんな女にも負けないという自惚《うぬぼ》れと高慢《こうまん》がお梅にはあった。

（また始まったか……）

峯吉は辟易《へきえき》した。お梅は感情がたかぶると、支離滅裂なことを言いだす。お梅のわがままと癇性《かんしょう》には、峯吉も手を焼いていた。一度言いだしたら、滅多に自分の考えをあらためることがないのがお梅という女だった。

お梅は若いころから恋多き女だった。おさな子が次々に新しい玩具を欲しがるように、取っかえ引っかえ男を変えた。お梅は色男には目がなく、とりわけ華やかな歌舞伎役者には食指《しょくし》がうごいた。峯吉が知っているだけでも、片岡我当《かたおかがとう》、市川団十郎、沢村源之助らと浮き名をながしたが、近ごろでは源之助との仲もぎくしゃくし、峯吉に当たり散らすことも多かった。そんな矢先、今度は壮士を情人にしようというのだから、お梅の性の奔放さに峯吉はあきれ返っていたのだった。

「あたしはね、お梅さんのことを思って言ってるんですよ。先日も、多田さんとお座敷で外国船をめぐって物騒《ぶっそう》な話をしていたでしょ。政治向きの話は、こんな時勢だから、よしにしといたほうがよいかと思うんだが」

お梅は面食《めんく》いで派手な男が好きだから、歌舞伎役者と浮き名をながすのも、すこしは芸の肥《こ》やしにでもなればとの願いから、峯吉は口をはさむことはしなかった。人気役者との噂がひろまることで芸に箔《はく》がつくことになれば、お梅にとってはいいことだと思って、峯吉は今日まで口をつぐんできたのである。

「多田さんはね、いまの世を嘆いているんだよ。純粋にこの国をどうしたらいいか、悩んでいるのさ。お前なんかと、脳味噌の寸法がちがうのさ」

煙草のけむりを口から吐きだしながら、お梅は目尻《めじり》をつりあげて言う。

「実は、多田さんのことを探偵が目をつけているって噂ですよ。このまま行くと、やがては手がうしろに回るってことにもなりかねねえ」

「探偵がなんだってんだい。警察がこわくって、芸者なんぞやってられるかい」

お梅は、まなじりを決《けつ》して毒づく。

「なんでも、多田さんは妹を娘義太夫に売り飛ばして、その手当をくすめて自由党の軍資金にあてているって噂ですがね」

「しつこいねえ、お前は。いったいどこから、そんなネタを仕入れてくるんだい。いい歳をして、岡《おか》焼《や》きもたいがいにしなよ！」

お梅はかんしゃくを起こすと、煙管の雁首《がんくび》を煙草盆に叩きつけた。

「岡焼き？」

峯吉の顔色が変わった。

「そうさ。お前は、あたしと多田さんとの仲が深まるのが悔しくて、なんとか別れさせようとしてるんだろ。一度や二度、体を許したからって、つけあがるんじゃないよ！」

お梅は、好きな男にふられたあとは、まるで腹いせのように峯吉の体をもとめた。つまり、峯吉は次の色男が登場するまでの、いわば「間に合わせ」だった。だが、そうとわかってはいても、お梅からもとめられれば年甲斐《としがい》もなく心をときめかせて肌を合わせるのである。そんな自分に嫌悪をおぼえる峯吉だったが、男の性《さが》をおさえることはできなかった。それがまた、自己嫌悪に拍車をかける原因となった。

「……」

峯吉は、口惜しくて返す言葉もなかった。

「なんだい、文句があるなら言ってみろってんだ！」

激高《げきこう》したお梅は、もう手がつけられなかった。

「お梅、たいがいにしねえか！　駄々《だだ》っ子《こ》みてえなことを言ってるんじゃねえ」

それまで湯呑みを片手にふたりのいさかいを聞いていた専之助が、大きな声でさえぎった。

「なに言ってんだい、父親らしい顔をして。六つのときにあたしを捨てたくせに、偉そうなことを言うんじゃないよ。十五の歳でお座敷に出てから十年近く、あたしはこの身と芸一本で生きてきたんだ」

血相を変えたお梅の糾弾《きゅうだん》に、専之助は返す言葉がなかった。

峯吉も、興奮して顔を紅潮《こうちょう》させたお梅をあとに、黙って座敷を出ていった。

一方、酔月を出てから近辺を巡回したあと、昼飯をとるために久松警察署にもどった本橋巡査は、浜町周辺の裏事情にくわしい館野という先輩巡査に酔月のことを訊ねてみた。

「ああ、あの待合か。あそこはいろいろと噂がある店でな。父娘の折り合いがわるく、喧嘩している声が通りまで聞こえてくる。俺も何度か聞いているよ」

弁当をたいらげたあと、煙草を一服吸いつけながら、館野は虚実のはっきりしない話だがと前置きして本橋巡査に興味深い話を語った。

酔月は今年五月に開業したばかりだが、いまは父親の専之助、お梅、箱屋の峯吉、下女のお民、下男の五助の五人暮らしだという。店は、お梅の旦那である三十三国立銀行の頭取で、日本橋の新右衛《しんえ》門町《もんちょう》に住んでいた河村伝衛《かわむらでんえ》がお梅の要望で探してきたという。店の名義は父親の花井専之助になっているが、実際の経営は娘のお梅がおこなっている。ところがお梅は、酔月の経営をないがしろにして、男漁《あさ》りにうつつを抜かしているとの評判。

「父親はもと千葉佐倉《さくら》藩士だったらしいが、没落後はなにをやってもうまく行かず、お梅が幼いころ、他家に出したという。小さいころから、あの負けん気の強い気性だから、父親も手を余したんだろう」

そのあと専之助はお梅を手元にもどしたが、お梅は十五の春に、小今《こいま》という名で柳橋で御酌《おしゃく》として出た。二年後には、新橋で小秀《こひで》と名のって一本になった。その後、新橋の日吉町に移り、歌川家秀吉《うたがわやひできち》と名のったのが二年前の夏で、お梅はそのとき二十二歳。

「秀吉と名のったわけを聞かれたら、あたしゃ、これから太閤《たいこう》さんのようになるんだよ、と答えたとさ。一本になったのは、父親の専之助が俥夫《しゃふ》にまで落ちぶれたのを救いたかったからというが、これは建前《たてまえ》で、お梅はもともと派手好きで、役者遊びが大好きときている」

お梅は色の浅黒いキリッと引き締まった顔立ちで、気《き》っ風《ぷ》のいい江戸前芸者として人気は上々。唄と三味線は得手《えて》ではないが、やせ形で背丈のすらりとした容姿だから、踊りだけは映《は》える。

「河村という旦那は、もとは銀座の役人で、高利貸し。たいそうな倹約家だそうだが、その貯めこんだ金はどんどんお梅に吸い取られるって寸法だ」

お梅が吸い取った金は、片岡我当、市川団十郎、沢村源之助ら歌舞伎役者との遊びに使われた。とりわけお梅が血道《ちみち》を上げたのは、色男の源之助で、金やら着るものやら、財物《ざいぶつ》をどんどんつぎ込んでいった。

「役者の内情をよくご存じで」

若い本橋巡査は感心した。

「なあに、梨園《りえん》の裏事情なんてものは、すべて筒抜けさ。ここだけの話とよくいうが、あちこちでこだけの話がささやかれているってからくりさ」

館野巡査は、得意そうに鼻をうごめかした。

しかしお梅が深間《ふかま》にはまっていくのとは裏腹に、かえって源之助はうるさがり、性格のおとなしい後輩芸者の喜代治《きよじ》のほうに心を移していった。焼き餅焼きのお梅は躍起《やっき》となって、そのころ源之助の付き人をしていた八杉峯三郎を抱き込んで、源之助の行状《ぎょうじょう》を逐一《ちくいち》報告させた。ほどなく峯三郎がお梅に通じていたことを知った源之助は怒って、即刻峯三郎を首にした。源之助はしだいにお梅の過剰な嫉妬心に恐怖を抱くようになり、お梅を遠ざけるようになる。

怒り狂ったお梅が、贔屓筋《ひいきすじ》のお座敷に向かう途中の源之助を人力俥から引きずり下ろす現場を見た者もいるし、剃刀《かみそり》をもって源之助の自宅に暴れ込んだのを止めにはいった近所の者もいる。源之助の心は、とうにお梅から離れているのだが、お梅はそれを認めようとはしないのだ。

そんなとき、お梅は町で峯三郎に出くわす。峯三郎は密告の件がばれて、源之助から解雇されたと打ち明けた。話を聞いたお梅は、自分が引き起こしたことだと同情し、峯三郎に謝罪して自分の箱屋をやってくれと頼み、家に連れてきた。

「酔月に顔の拙《まず》い男がいただろう。あれが峯三郎で、いまは名をあらためて峯吉という。お梅の箱屋をやっているらしいが、身の回りの世話もしているようだ。お梅とは男と女の間柄だという噂だよ」

本橋巡査は、酔月で会った内気そうな、貧相な男の顔を思いだした。

「あの酔月という待合は河村が探してきたとさっき言ったが、あまりぞっとしない話が聞こえてくる。なんでも、以前あの家は、両国の並び茶屋の女中が首をくくり、そのあとに住んだ蛎殻町《かきがらちょう》の相場師が発狂したとか。因縁《いんねん》じみた家なんだ。なにかなきゃあいいがな」

館野巡査はそう言って、煙管の雁首をコンコンと煙草盆に叩きつけた。

二

神田小川町《おがわまち》の汁粉屋《しるこや》・とら屋の片隅で、藤丸喜三郎《ふじまるきさぶろう》は汁粉をすすっていた。ちょうどよい甘さは、以前とすこしも変わっていない。

（この店は、お寿美《すみ》といっしょによく通ったものだった……）

まだ十代だったお寿美は甘いものが大好きだった。そのお寿美のつき合いで、とくに甘いものが好きなわけではない喜三郎だったが、よく食べにきたのだった。

数日前、職場の神田郵便支局の更衣室で同僚たちの話を聞いていたら、近々、とら屋が店をたたむことになったという。店を切り盛りしているのは六十をすぎた夫婦で、近ごろ夫の腰痛がひどくなったうえ、跡継ぎもいないことから店仕舞《みせじま》いすることを決めたらしい。店が閉まる前に、思い出の汁粉屋に出かけてみようと思ったのは、ちょっとした喜三郎の感傷からだった。

仕事で疲れたとき、ふっと甘いものが欲しくなるときがある。そんなとき、亡き妻を思いだしてはこの店に来て、汁粉を味わう。あまり熱心な客ではなかったが、店がなくなると聞けば、寂しくもなる。お寿美をコロリで亡くしてもう十年になる。思い出のなかの妻は、いつまでも十代のままだ。

「おじさん、ごちそうさま」

汁粉をたいらげて、代金をはらって帰る男女の客がいる。

「おばさん、もう店をやめちゃうんだって。残念だなあ」

店仕舞いの噂を聞きつけたのか、家族連れもやって来る。卓が三つほどの小さな店だが、客が途切れることはなかった。

奥の卓では、汁粉を食いながら、三人の書生たちが暢気《のんき》に会話をはずませていた。いずれも二十代の若者たちだ。

「しかしやっぱり、娘義太夫は色っぽいね。雪やみぞれや、花散る嵐、かわい男に偽《いつわ》りなくば、本の心で淡路島、とね」

三人のなかでは親分肌の書生が、義太夫「ひらかな盛衰記《せいすいき》」の神崎揚屋《かんざきあげや》の段、梅ケ枝《うめがえ》登場場面の一節をうなる。

「べべんべんべん」

すかさず、もうひとりが合いの手を入れる。

「どうした、塩原。お前はやっぱり義太夫よりも落語のほうか」

最初の書生が、顔に痘痕《あばた》のある小柄な書生に話しかけた。塩原と呼ばれた書生は、あまり気乗りしない表情である。

「金《きん》ちゃんは、色気のほうは得手《えて》じゃねえからな」

合いの手を入れた書生がべらんめえ調で言って、にやにや笑った。

「いや、そんなことはない」

痘痕のある書生があわてて否定した。

「腹膜炎《ふくまくえん》に落第と、このところ災難つづきだったからな」

最初の書生が同情するように言った。去年の七月、痘痕の書生は腹膜炎にかかって進級試験を受けられず、落第したのだという。

「長兄《ちょうけい》の病気も思わしくねえようだな」

べらんめえ調の書生がつけ加えた。

「ああ、どうやらこうやら毎日、命をつないでいるようだ」

痘痕のある書生は沈鬱《ちんうつ》な表情で答える。

三人の書生たちは、寄席で娘義太夫を鑑賞した帰りだった。

娘義太夫は女義太夫ともいい、三味線を伴奏にした女性による義太夫語りである。女性の芸能活動は天保《てんぽう》の改革以来禁止されていたが、明治十年二月の寄席取締規則制定によって解禁された。
十五、六歳の少女が厚化粧して黒の紋付きに萌黄色《もえぎいろ》の肩衣《かたぎぬ》をつけて見台《けんだい》の前に座り、きらきら光る簪《かんざし》を揺らせながら汗みずくで語る。客は圧倒的に若者が多く、語りが佳境《かきょう》にさしかかると、サワリの次の展開に向けて「どうする、どうする」と奇声を挙げる客がいて、「ドースル連」と呼ばれた。

「今日は、人気の竹本綾之助《たけもとあやのすけ》じゃなくて残念だったがな」

「綾之助の写真が飛ぶように売れているらしい」

近ごろでは、美貌と美声の太夫が次々に現れて人気を集めていた。太夫は器量がよくなくてはつとまらないので、肝心《かんじん》の芸は二の次となっていた。

「是公《ぜこう》、次は塩原抜きで、ふたりで行こう」

最初の書生が言った。

「そうだな、俺と左五郎《さごろう》とふたりでな」

べらんめえ調の書生が言い、是公という書生に悪戯《いたずら》っぽく目くばせした。

ひとしきり娘義太夫の話をしたあとで、話題が変わった。

「左五郎、ところで本当に札幌《さっぽろ》農学校に行くのか」

痘痕のある書生は娘義太夫の話が終わったのにホッとしたのか、汁粉のなかの切り餅をうまそうに頬張《ほおば》りながら訊ねた。よほど甘いものが好きなようだ。

「ああ、こんなせせこましい東京なんぞにいられるものか。近々、江東義塾《こうとうぎじゅく》の教師を辞《じ》して、寄宿舎も出る予定だ」

左五郎と呼ばれた若者が鼻息あらく答える。

「せっかく三人そろって落第した仲なのに」

是公ががっかりした顔で言う。

「お前たちは、この東京の第一高等中学でがんばれ」

左五郎が励ますように言う。前年四月、東京大学予備門が第一高等中学と改称された。

「北海道ってのは、どんなところなんだろうな。俺も行ってみたいよ」

痘痕のある書生が訊ねる。

「そりゃあ、でっかいところさ。こんなにも」

左五郎がそう言って、両手を広げたときに、卓のうえの湯呑みがたおれて、茶が喜三郎の服にかかった。

「あっ、こりゃあ申し訳ない！」

左五郎があわてて、懐から手拭いを出して拭こうとした。

「いや、大丈夫ですよ。すぐに乾きます」

悪意があってしたことではないから、喜三郎も軽く答えた。

「あらあら、お客さん、大丈夫ですか」

店の老婆が気を利かせて、手拭いをもってきたので、それで濡れた服を拭いた。

お椀にはほとんど汁粉はのこっていなかったので、それをしおに喜三郎は代金を払って店を出た。

「店を閉めても、達者で暮らしてください」

そうひと言声をかけると、「ありがとうございました」と夫婦そろって頭を下げた。

またひとつ、妻との思い出の場所が消えてしまったと喜三郎は思った。

三

神田淡路町《あわじちょう》の辻で、ひとりの若い壮士が演説をしている。

「諸君、去年のノルマントン号の事件をどう思う？」

ときおり燕《つばめ》が枝先をかすめて飛ぶ柳の下に木箱をすえて、その上にたたずんだ若者は、身ぶり手ぶりをまじえて熱弁をふるっている。壮士というイメージからはほど遠い、優男《やさおとこ》だ。近ごろ、東京の辻つじで、壮士《そうし》節《ぶし》といわれる歌をまじえて政権批判をとなえている若者で、その声と節回しに美貌がくわわって、女たちの人気者になった男である。

「あれは、まちがいなく国辱《こくじょく》ものだ。我が国への差別、侮辱以外のなにものでもない。英国にやりたい放題をさせている政府の腰抜けどもに鉄槌《てっつい》を下さなければならん！　そうだろう、諸君」

若者の煽動《せんどう》的な演説に、前に集まった二十人ほどの人びとのなかから、「そうだ」「そのとおりだ」という同調の声があがった。

郵便物の配達途中だった喜三郎だが、ノルマントン号事件については新聞で読んで知っていたので、思わず立ち止まって聞き耳をたてた。

事故は昨年十月二十四日に起きた。横浜から神戸に向かっていたイギリスの貨物船ノルマントン号が暴風雨のため紀伊半島沖で座礁《ざしょう》したのである。その際、船長以下のイギリス人やドイツ人の乗組員らは全員救命ボートで脱出したが、横浜から乗りこんでいた日本人乗客二十余名は全員が船に残されて水死した。

二十八日になって、和歌山県知事からの電報によって、ようやく日本政府は事態を把握した。外務大臣の井上馨《いのうえかおる》は外交問題に発展することに懸念をしめし、ただちに調査を命じた。一方、新聞と世論は日本人乗客が水死したのは、日本人だけを意図的に助けなかったからではないか、明らかな人種差別ではないかと騒ぎ立てた。

十一月一日には、イギリス領事が領事裁判権にもとづいて、海難審判《かいなんしんぱん》をおこなった。ところが五日に、船長以下、乗組員全員が無罪であるという判決が下ったから、世論はふたたび沸騰《ふっとう》し、新聞も煽《せん》動《どう》的に書き立てた。

井上馨にとっては、不平等条約改正を目指して、鹿鳴館《ろくめいかん》外交や欧化政策をすすめていた最中であったから、世論の硬化は望ましいことではなかった。

「伊藤博文《いとうひろぶみ》邸での仮装舞踏会やら鹿鳴館での園遊会やら、政府高官らは外国貴賓《きひん》と毎日うまいものを食っては踊り狂っているようだが、伊藤や井上ら長州のやからに任せておくと、この国はやがて西欧列強の植民地、属国《ぞっこく》となるのはまちがいない。諸君、このままでいいのか！」

「よくはない！」という声があちこちから聞こえてきた。すでに聴衆は四十人ほどになっていた。

ノルマントン号事件は、そのあと十三日に、兵庫県知事が船長らの出港を停止させ、知事名で横浜領事裁判所に殺人罪で告訴した。

そして十二月八日、裁判所は船長に禁固三か月の有罪判決を下した。しかし賠償金はなかった。喜三郎も、若い壮士の主張は至極《しごく》もっともだと思っている。

いま、条約改正が叫ばれているもとをたどれば、幕末に江戸幕府が諸外国と結んだ修好通商条約などの不平等条約に行きつくのである。

旧幕臣の喜三郎にとって、明治新政府のやり方はなにかにつけて首を傾《かし》げるようなことが多かった。外国にはいい顔を見せ、内にはつらく当たる。国民に我慢を強いる以上は、対外的にも厳しい態度をとるべきだというのは当然の主張であった。

官営の郵便支局につとめる喜三郎は、もちろん表立って政府を批判することは控えていたが、心のうちには不満がくすぶっていた。

「おい、久しぶりじゃのう」

演説を聴きながら物思いにふけっていた喜三郎は、背後から声をかけられ、びくっとした。

「国東《くにさき》……」

警部と言おうとしたら、相手が指を口元にあてて、言うなというしぐさを見せた。

喜三郎は、警視庁の国東英太郎警部とは、以前起こった神田郵便支局長の不正事件や、連続短銃強盗犯事件で関わりをもつことになった。不思議な縁でつながっている人物だった。

「なかなか熱弁じゃのう」

国東警部は喜三郎の横に立って、小声で言った。

「あまり過激なことば喋れば、連行せんけりゃならん。わるい芽は早いうちから摘みとっておかねばならんからな。じゃっどん、この多田宗一郎という男はまだひよっこじゃ。表に出ずに、裏で糸をあやつっているやつがおるんじゃ」

群衆の前で口角泡《こうかくあわ》を飛ばしている若者を、顎《あご》で指し示しながら国東警部は言った。木箱のうえの壮士を見ると、相手もこちらを鋭い目で見つめていた。

今年、伊藤博文内閣は自由民権運動弾圧のための保安条例を公布施行した。言論・集会・秘密結社の禁止、出版の取締り、治安を妨害するおそれのある者に皇居の三里（約十二キロメートル）以内からの退去などを規定したのである。

政府官憲は、自由党員らの反政府運動に神経をとがらせていた。すこしでも政府の方針に異《い》を唱《とな》えたら弾圧をくわえるというのが、常態化していた。捕縛されれば手痛い拷問《ごうもん》をうけ、情報漏洩《ろうえい》や転向をせまられるのである。

壮士たちもそれを警戒して、あちらの辻、こちらの広場と場所を移動しながら、自分たちの主義主張を唱えていた。

これまで国東警部とはいくつかの事件で関わった喜三郎だが、個人としての国東と警視庁組織のなかの国東警部との違いは分別している。人のいい人物でも、上下関係の厳しい縦社会のなかでは命令が絶対であるということを、片時も喜三郎は忘れてはいなかった。

気がつくと、周囲には五十人ほども聴衆が集まっていた。女の数のほうが男よりも多く、うっとりとした顔でみな、多田宗一郎の話に聞き惚れている。

そのとき突然、聴衆のなかからふたりの男が飛びだし、壮士に躍《おど》りかかった。ひとりは鳥打ち帽をかぶった商人風の男、もうひとりは首に手拭いを巻いた職人風の男だった。

「私服の探偵だ！」

群衆のなかから大声が聞こえた。

壮士はすかさず身をかわし、その場から脱兎《だっと》のごとく逃走した。

「待て！」

私服の探偵たちが後を追う。

「おいも行かんけりゃならん。では、またな」

国東警部は大きな体をゆすると、大儀《たいぎ》そうに走り出した。

喜三郎は国東警部の後ろ姿を見送ると、ふたたび配達の仕事にまわった。

それから数時間後。大川端に多田宗一郎の姿があった。

すでに夕暮どきで、川面にはゆらゆらと上弦《じょうげん》の月影が浮かんでいた。

（すっかり日が暮れてしまった……）

しつこい追っ手をまいてあちこち逃げてきたので、疲れもあった。どこかで少し休みたいと思った
多田は、浜町二丁目を目指してやって来た。多田は酔月と灯りのある門をはいると、玄関で声をかけた。下女がすぐに出てきた。

「お梅さんはいるかね」

多田はそう訊ねながら、下女がお民という名だったということを思いだした。

「はい、いますが、いまはお客さまが来ていて」

旦那のことを言っているのだと察しがついた。

「少し待たせてくれないか」

多田の申し入れに、ここ当分、お梅のお気に入りの情夫だから黙って帰せばあとで叱られると思ったお民は、とりあえず式台《しきだい》わきの小部屋に案内した。

お民がほどなく酒と小鉢を運んできたので、多田は暗いランプの灯りの下で酒を飲みつつ思案した。

（たしか、あの髭《ひげ》の男。以前、仲間といっしょに警視庁に引っ張られたとき、取調べをした警官のなかにいたな。なにか、隣の男とひそひそ耳打ちをしていたが、自分を捕らえる相談でもしていたのか……）

酒で身内が温まってきたころ、二階から下りてきたお梅と、男の声が障子越しに聞こえ、男が玄関から出ていく気配がした。すぐに障子があいて、お梅が顔を出した。

「宗さん、どこに雲隠れしていたんだよ。会いたかったよ」

お梅はいきなり多田に抱きついてきた。

すでに旦那に抱かれたのか、鬢《びん》がほつれて上気した頬にかかり、やや開いた襟元から艶《つや》のある肌が見える。かすかに酒の香もする。

狭い部屋で酒を差しつ差されつしながら、お梅の恨み言をひととおり聞き終えたあと、多田は言った。

「また少し、軍資金を工面してくれないか」

多田は、娘義太夫をしている妹の少ない給金から支援金を出させるのは気が引けていた。その点、お梅から出る金は旦那から巻き上げたあぶく銭。いくら搾《しぼ》りとっても良心は痛まない。いい金づるだ、と多田は割り切っていた。

「いま、二十円しか持ち合わせがないから、それで勘弁して」

お梅のほうも惚《ほ》れた男の頼みなら、なんでも聞いた。

思えばふた月前、官憲に負われて路地に隠れていた多田を、買い物帰りのお梅が見つけて、そのまま連れ帰ったのが馴《な》れ初《そ》めだったが、座敷に上がって灯りの下で見た多田は、歌舞伎役者にも劣らぬなかなかの美男。面食いのお梅は、多田にすっかり夢中になってしまったのだった。

「ねえ、今夜はゆっくりしていけるんだろ？」

しなを作って、お梅は多田の若々しい体にしなだれかかった。

## 四

すでに日も暮れて、藤丸喜三郎《ふじまるきさぶろう》は帰りを急いでいた。いつもより配達の数が多く、手間取ってしまったためである。

神田淡路町の辻まで来た喜三郎は、人力俥に乗ったひとりの娘が四人の若い男たちに囲まれているのを見かけた。

(娘義太夫か……)

娘は舞台衣装のままだから、おそらく着替えるひまもなく、次の寄席に移動する途中らしいと思われた。

「ようよう、少しくらいつきあってくれてもいいだろ？」

「明日も舞台がありますから」

「そんなつれないことを言うなよ」

「あたしに会いたければ、小屋のほうまでお越しください」

「それじゃ味気ないから、じかに菊駒《きくこま》ちゃんの可愛いお顔を拝見しながらお話をしたいと思っているんじゃないか」

久留米絣《くるめがすり》に小倉《こくら》の袴《はかま》の男たちは、書生とはいえ行動がごろつき同然だった。

(ガラの悪い連中だ)

喜三郎は立ち止まって、ようすを見ていた。男たちが娘に乱暴をはたらくようであれば、割ってはいろうと思っていた。

「ドースル連」のなかには両国、浅草、本郷と席亭を順繰《じゅんぐ》りに回って娘義太夫の追っかけする者もいると聞いている。口演が終わっても、護衛と称してしつこく宿まで送り届ける書生たちもいた。国元から送ってくる学資を義太夫にそっくり入れあげ、親から勘当《かんどう》された放蕩《ほうとう》息子も数知れず、まさに狂気の沙汰《さた》であった。

いま喜三郎の前に立ちはだかっているのは、神田小川町の汁粉屋・とら屋で出会った三人の書生たちとは別世界にいる遊蕩《ゆうとう》書生たちだった。

「おいおい、娘さんが嫌がっているじゃねえか」

喜三郎が割ってはいった。

「なんだ？　お前は」

書生のひとりが、饅頭笠《まんじゅうがさ》に黒い制服を身につけた喜三郎の姿をねめ回し、「けっ、郵便屋は葉書を配ってりゃいいんだよ」と唾《つば》を吐いて毒づいた。

親の金で学校に行かせてもらっている立場で一人前の口を叩きやがると喜三郎は思ったが、落ち着いた口調でこう言った。

「郵便屋がいなけりゃ、あんたのところに葉書一枚、届かないいんだよ」

「なにを！」

書生たちの顔色が変わった。

まず、相撲取りのような腹の出た男が殴りかかってきた。喜三郎はすかさず身をかわし、背後にまわって相手の腰を蹴りつけた。

次に、長身の男がうしろから飛びかかってきた。喜三郎は左のひじ鉄をみぞおちにくらわせて、相手を地面にころがした。

三人目の小柄な男が、懐から短刀を取りだした。喜三郎は電光石火《でんこうせっか》で近づき、手刀《てがたな》で相手の手首をたたいて短刀を落とした。

仲間の不様《ぶざま》な姿をみていた生《なま》っちろい顔の男は、多人数でかかっても叶わないと判断したのか、仲間に声をかけて、ほうほうの体《てい》で逃げ去った。なまくらな放蕩書生たちは、柳剛流の目録をもつ喜三郎の敵ではなかった。

「ありがとうございました」

菊駒は人力俥から下りると、お辞儀をして礼を言った。

「なあに。怪我はなかったかい」

喜三郎はあらためて菊駒の顔を見たが、思わず目を見張った。菊駒の面差《おもざ》しが亡き妻にそっくりだったのだ。

絶句したままの喜三郎を、菊駒は怪訝《けげん》そうな顔で見つめている。

「無事だったか！」

書生たちが姿を消したあと、若い壮士が駆けつけた。

近くの辻で演説をしていたところ、友人から知らせを受けて走ってきたのだという。

「兄さん、怖かった」

菊駒がすがりついた若者は、先日、神田淡路町の辻で演説をしていた多田宗一郎という壮士だった。

菊駒が兄と呼ぶとおり、よく見ると、若者と菊駒の目もとや唇のあたりがそっくりで、たしかに血のつながった兄妹であることを証《しょう》していた。壮士節と娘義太夫、ともに美声と節回しが大事だが、これも血筋だろう。

「このかたが、助けてくださったの」

菊駒の言葉に、喜三郎の顔をじっと見ていた多田の顔色が変わった。

「お前、たしか神田淡路町で俺の演説を聴いていた男だな。あのとき、警視庁の犬といっしょになにか話していただろう！」

多田は喜三郎と国東警部が立ち話をしていたのを覚えていたのである。

「いや、あれは……」

なにか言おうとしたが、どこから説明していいのか、喜三郎は言葉に窮《きゅう》した。

「ひょっとして、お前も警察の手先か。妹に近づいて、俺に関する情報を得ようとしていたのか」

激高した多田は、自分の思い込みにとらわれて、冷静な判断ができなかった。

「いや、俺は警察の者じゃない。あの警部とは、ひょんなことから知りあって……」

「うるさい、聞く耳もたん！　へたな言い訳をするな！」

言うや否《いな》や、多田は手にした仕込み杖から刀身を抜いた。正眼《せいがん》にかまえる。

「待て、誤解だ、話せばわかる！」

喜三郎は両手を前に出して、相手を止めようとしたが無駄だった。

多田は上段から刀身をふり下ろした。

「やめろ！」

喜三郎は横に逃げて、攻撃をかわす。多田はそこをすかさず、横に刀身をはらう。

身を低くした喜三郎は、多田の脚につかみかかり、いっしょに倒れた。凶器を奪い取ろうと、ごろごろと地を転がったが、その拍子に多田の腹に刃先が突き刺さってしまった。

「うっ」

多田はうめき声をたてると、腹をかかえて転げまわった。

「おい、大丈夫か！」

「兄さん！」

菊駒も血相を変えて、多田に走り寄った。

「死んじゃ駄目よ、死んじゃ！」

「だれか、医者を呼んでくれ！」

喜三郎は大声を出して、周囲の人々に呼びかけた。だが、すでに壮士は血の海のなかで絶命していた。

この大通りでの刃傷沙汰は人びとの口から口へたちまち広がり、浜町二丁目の酔月にもとどいた。

「壮士節のうまい若者が、刃物で刺されて死んだそうだが、どうやら多田さんらしいんだ……」

峯吉の注進《ちゅうしん》に、お梅は顔色を変えた。

「いったい、だれがあの人を……」

度《ど》をうしなったお梅は、台所から出刃庖丁《でばぼうちょう》をつかんで走ろうとしていた。

「お梅さん、そりゃあ、まずい。ここは落ち着いて、ね、出刃を置いて」

峯吉が説得するが、愛する男を亡くしたと知ったお梅は狂乱状態で人の話なぞは聞かない。

「危ないから、出刃はこっちへ」

「いやだ、仇《かたき》を討つんだ！」

「こっちへ寄こしなったら」

「うるさい！」

出刃を取り上げようとした峯吉の胸に、深々と刃先が突き刺さった。

「あっ」

声をあげたのは、お梅のほうだった。その刹那《せつな》、正気にかえったのだった。

「峯吉、峯吉！」

居間の騒ぎに、父親の専之助が奥座敷から急ぎ足でやって来た。

「どうした、お梅！」

「峯吉が、峯吉が……」

「なんと……」

血だらけになって倒れている峯吉を見て、専之助は仰天した。

「お前がやったのか」

「どうしたらいいのか……」

「警察へ行け、わしもついていってやる」

「いいや、あたしがやったことだ。あたしひとりで自首するよ」

うなだれたお梅は血のついた出刃を手拭いにつつんで帯の間に入れ、そのまま久松警察署に向かった。

お梅が警察署の入口にたどり着いたとき、ちょうど管轄内の見回りから帰った本橋三四郎巡査と出くわした。

「お前、たしかお梅とか言ったな」

本橋巡査が声をかけても、お梅は青ざめた顔のままなにも答えない。すこし間を置いて「人を殺して来ました」と言った。本橋巡査は怪訝《けげん》そうな顔をして、お梅の顔をしばらく見つめていたが、お梅が帯の間から血だらけの出刃を出して見せたので、驚愕した。本橋巡査はすぐにお梅を取調室に連れて行った。

虚脱したお梅を椅子にすわらせると、過日、「刃物沙汰だけはするでないぞ」と言った自分の言葉が本橋巡査の頭のなかを駆けめぐった。

（やっぱり、やってしまったか……）

本橋巡査はあのとき、なぜかこうなることが予測されていたような気がした。

## 五

事件直後、藤丸喜三郎は久松警察署に連行され、事情聴取された。

相手の一方的な誤解から生じた殺傷事件であり、喜三郎の行為は正当防衛とみなされた。なによりも、不穏な自由党壮士を掃討《そうとう》したいと考えている官憲にとって、いきさつはどうであれ、多田宗一郎が死去したことは歓迎こそすれ、惜しむことではなかった。

官憲にしてみれば、頭のうえをぶんぶん飛びまわっていた煩《わずら》わしい蠅《はえ》のなかの一匹を、一民間人が退治してくれたのだから、願ったり叶《かな》ったりの結果となったのである。

喜三郎にとって、自分の過失を問われなかったことはありがたかったが、結果として釈然としない部分がのこった。

取調室に顔を出した国東警部は、こう言った。

「おはんは、ふりかかった火の粉《こ》を払いのけようとしただけじゃ。逮捕はされん。多田宗一郎はおのれの刃《やいば》で死んだのじゃから、いわば自死と同じじゃ」

まるでたなごころを指すように、国東警部は説明した。

「これまでのおはんの、警察への貢献も加味《かみ》せんけりゃならんしな」

国東警部はそうつけ足したが、それとこれとは筋がちがうと喜三郎は心のうちで反発した。国東警部はすっかり、喜三郎を警察側の人間だと思っているようだった。いや、むしろ警察側の人間にして、自分たちが扱いやすいようにしたいのだと喜三郎は思った。

官憲の手に丸め込まれるのは不本意ではあるが、かといって、いませっかく差し伸べられている救いの手を振り払ってしまえば、郵便集配人という安定した職を失い、みじめな後半生《こうはんせい》をおくることになるだろう。

(長いものには巻かれろってことか……)

喜三郎は自分の心の弱さに目をつぶり、ここは国東警部の提案にしたがうことにした。

「おはんとは、まだまだ長くつきあいたか、はははは」

国東警部は屈託《くったく》のない顔を見せ、大声で笑った。

そして、事件からおよそ三か月後。花井お梅の峯吉殺害と、壮士・多田宗一郎の自死事件は人びとの記憶から徐々に薄れていった。

娘義太夫の菊駒は、兄の事件をきっかけに仕事を辞めた。行く先は不明である。地方で菊駒の舞台を見たという者もいたが、定かではない。過失とはいえ、最後に多田と戦って命を奪ったのは喜三郎である。菊駒から兄の仇と思われても仕方がないと喜三郎は思う。

（あんなことがなけりゃ、もうすこし別な縁があったかもしれない……）

ときおり、亡き妻に似た面差しの菊駒の顔が、脳裏にふっと浮かぶ。感傷におちいりがちな心を、喜三郎はふり払うように仕事に励んだ。

そんなある日、喜三郎の胸に不審な思いが芽ばえた。多田の演説を聴いていた喜三郎のもとに国東警部が近寄って耳打ちしてきたときのことである。いま思えば、まるでふたりが仲間内であるような印象を与える場面だが、それを見た多田はどう思っただろうか。

喜三郎が町で菊駒を悪書生たちから救ったことは偶然ではあるが、千にひとつ、万にひとつの可能性として、その場に兄の多田が駆けつけたとしたら、自分のことを警察関係者だと思わないだろうか。

（将《しょう》を射《い》んと欲《ほっ》すれば、まず馬を射よというが……）

妹を暴漢から救うことを手段にして兄に近づき、その兄の行動を監視する。そう多田が思い違いをしても仕方があるまい。ひょっとして国東警部はそこまで考えて、あのとき自分に声をかけてきたのか、と喜三郎は疑心暗鬼《ぎしんあんき》にとらわれるのだった。

（真相は闇のなかだ……）

喜三郎は邪念《じゃねん》を追い払うように、頭をふった。

それからおよそ二か月経った。

十一月六日に、東京一の興行地区である浅草六区に霊峰《れいほう》富士が出現したというので、東京市民は大騒ぎをしていた。鬱勃《うつぼつ》とした気分を変えようと、喜三郎は久しぶりに浅草の繁華街に出かけてみた。

木や竹の骨組みに石灰《せっかい》を塗った人造の富士だったが、高さが三十二メートルもあり、内部の螺旋《らせん》階段をのぼって展望所までたどり着けば、東京市内が一望できるというので、連日多くの老若男女がやって来た。人気にあやかって、錦絵《にしきえ》まで出る盛況である。

「仲見世《なかみせ》を歩く人らが、まるで豆人形みたいに見えるぜ」

「隅田川《すみだがわ》に浮かぶ舟が、あんなに小さくなって……」

「上野の森は、あの辺りかな」

人々は、口々に感嘆の声をあげて、絶景に見とれている。

「おや……」

喜三郎は、見覚えのある顔に出逢った。向こうもこちらを覚えていたようで、連れの男といっしょに近づいてきた。

「こんなところで会うとは」

痘痕《あばた》顔の小柄な書生が声をかけてきた。神田小川町の汁粉屋で出会った若者だった。たしか、塩原金之助という名だったな、と喜三郎は思いだした。目をわずらっているのか、眼帯をかけていた。

「こいつが、東京にも富士ができたというので、話の種に行ってみようなんて言うもんだから。トラホームで、ものを見るのが煩《わずら》わしいのにね」

金之助はかたわらにいる若者の顔を見た。こちらの書生は、たしか中村是公《ぜこう》といったな、と喜三郎は思いだした。

「金ちゃんだって、すこしは食指《しょくし》が動いたんじゃねえのか」

是公がべらんめえ調で反論する。

「まあな」

金之助は微笑して、肯定した。三人が立ち話をしている間にも、かたわらを多くの人々が通りすぎていった。

「相変わらず、仲がよろしいようで」

喜三郎はそう言って、あのときのもうひとりのご友人は、と訊ねた。

「ああ、橋本左五郎《さごろう》ですか。汁粉屋では、せせこましい東京なんかにいられるもんかと威勢のいいことを言ってましたが、思いどおり札幌の農学校に行ってしまいました」

「東京大学の入学試験に落ちて、東大なんてくだらないと壮語《そうご》してね」

是公が補足した。

「ぼくはこの夏、ほんものの富士山に登ってきましてね。心に鬱屈《うっくつ》したものがありましたが、すこしは癒《いや》された気がします」

金之助が言った。

先日、汁粉屋で耳にした金之助の病弱の長兄は他界し、つづいて次兄も亡くなったのだという。

「相次いで肉親がいなくなるのは、なかなかつらいものです。われわれ生きている人間は、死者の分まで日々を堅実に過ごしていくしかないですね」

金之助が痘痕の顔をほころばせて、そう言った。

凍《い》てつくような冬空のはるか遠くを飛び交う鳥たちを見ながら、喜三郎はしだいに心が静まっていくのを感じていた。

塩原金之助はこの一年後、長男と次男を相ついで亡くした夏目小兵衛から二百四十円で塩原家から買いもどされて、夏目家に入籍し、夏目金之助と名をあらためることになる。

さらにその翌年、金之助は本科にはいってから親しくなった正岡子規の漢文集稿「七艸集《ななくさしゅう》」の読後感想文を漢文で書き、九編の七言絶句《しちごんぜっく》をそえて「漱石《そうせき》」と署名した。以後、夏目漱石は大いにその文名を世に轟《とどろ》かせることになる。

一方、花井お梅の峯吉殺しの一件は、翌日には早くも新聞の号外が出て、東京市中に広まった。二日後には、いくつもの新聞が「毒婦」「姦婦《かんぷ》」として扇情的に喧伝《けんでん》した。

同じ月の末には、酔月に近い浜町一丁目の寄席・福寿亭で、講釈師の松林伯圓《しょうりんはくえん》が「酔月奇談《すいげつきだん》」と題して口演したところ、毎晩大入りとなった。新富座《しんとみざ》も人気にあやかって、裁判進行中の十一月、五代目・尾上菊五郎主演で芝居を上演。十二月には、明二堂という版元から草双紙仕立ての『花井阿梅酔月奇聞《はないおうめすいげつきぶん》』（秋葉亭霜風編・歌川国松画）が出版され、大いに評判となった。

自分があやまって手をかけてしまった壮士の情婦が、花井お梅という名だということは喜三郎は知るよしもなかったが、お梅に関するさまざまな情報を見聞するたびに、喜三郎が考えることがある。それは、お梅と自分の命運《めいうん》を分けたものがなんだったのか、ということだった。

お梅も喜三郎も殺意なく人を殺《あや》めてしまった者どうしだが、一方は「毒婦」として獄《ごく》につながれ、一方は罪を問われることもなく、いままでどおり娑婆《しゃば》世界で暮らしている。これを理不尽だと批判する力は、官憲から温情を受けたいまの喜三郎にはないのであった。

# 第四話　大日本帝国憲法発布と人身売買

一

藤丸喜三郎《ふじまるきさぶろう》が配達をおえて神田郵便支局にもどると、さきに帰っていた集配人たちが更衣室で濡れた合羽《かっぱ》を手拭いでふきながら言葉を交わしていた。

「いよいよ明日だな」

「雪はやんでくれるかな」

「紀元節《きげんせつ》だもの、神さまが見離したりするわけがあるまい」

（そうか、明日は憲法の発布式だったな……）

同僚の会話を背中で聞きながら、喜三郎は制服から私服に着替えていた。ここ数日は、寄ると触ると憲法発布式の話でもちきりとなる。明日の二月十一日は神武《じんむ》天皇の即位日、すなわち紀元節にあたった。紀元節に合わせた憲法発布ということで、国民の熱狂ぶりは尋常ではなかった。

「近くの湯屋なんぞ、憲法発布式がおわるまで火事を出すわけにはいかねえってんで、しばらく前から休業の札がかかってる。お陰で、湯にもはいれねえやな」

「日本橋室町《むろまち》では豪華な踊り屋台が出るって言ってたぜ」

「兜町《かぶとちょう》の株式取引所では大きな蕪《かぶ》をのせた山車《だし》だそうだ」

「日本橋四日市《よっかいち》の日本郵船会社河岸倉庫が数棟をひとつに飾り立てて、三本マストの汽船に仕立てていたな」

「白木屋《しろきや》は酒樽の鏡を抜いて、大盤振る舞《おおばんぶるま》いするそうだよ」

「本郷では、旗行列をするというぜ」

「雷門《かみなりもん》では紅白のアーチをこしらえたってさ」

「新吉原《しんよしわら》じゃあ、百人余りの白襟《しろえり》紋付きの芸妓《げいぎ》にくわえて、友禅《ゆうぜん》模様のおしゃくの行列を予定しているらしいぜ」

郵便集配人は仕事がら、あちこちでたくさんの噂や情報に接するので、同僚たちは互いに見聞してきた情報を披露しては得意がっている。

喜三郎はいつもどおり鳥打ち帽をかぶり、シャツのうえに羽織を着て、下はパッチという身なりになった。同僚からは「まるで行商人のようだな」といわれるが、当人はすこしも気にしていない。

首に襟巻《えりま》きをまいた喜三郎は、まだ話をつづけている同僚たちに「お先に」と声をかけて更衣室を出ようとした。

「藤丸さん、明日はよろしくな」

話の輪にくわわっていた四十年配の赤岩という集配人が、喜三郎に呼びかけた。

「はい。七時には到着しているようにします」

喜三郎はふり返って、そう答えると局員出口に向かった。

明日の憲法発布を祝うため、宮城《きゅうじょう》前にはたくさんの人びとが集うことになっている。一介《いっかい》の郵便集配人である喜三郎も、上司に命じられて参加することになっていた。

昇級や出世をもくろむ局員のなかには、率先して参加を表明する者もいたが、地位や名誉に関心のない喜三郎は参加することなぞ毫《ごう》も考えていなかった。

ところが、独り身で当日はすることもなかろうと上司が勝手に決めつけて参加が決まり、気乗りがしないまま明日を迎えることになったのである。

憲法制度の必要性を痛感していたのは初代内閣総理大臣を務めた伊藤博文《いとうひろぶみ》だった。内閣制度の導入に一定の成果を挙げた伊藤は、明治十九年末ころから、井上毅《いのうえこわし》、伊東巳代治《いとうみよじ》、金子堅太郎《かねこけんたろう》、ロエスレル、モッセらに憲法導入の準備を命じて、翌年の初夏には一応の草案を完成させていた。その後、伊藤はほぼ一年をかけてその草案を練り直し、二十一年三月に公式の議論に耐える草案を完成させた。

つづいて伊藤は、憲法を発布するための天皇の諮問《しもん》機関である枢密院《すうみついん》を同年四月三十日に設立し、黒田清隆《くろだきよたか》に総理大臣の職を譲ると、みずから枢密院議長に就任した。枢密院では、そののち三度の審議が持たれて念願の法案が完成した。そんな紆余曲折《うよきょくせつ》をへて、ついに明日二月十一日、帝国憲法発布という運びとなったのである。

「うっ、寒い」

冷え冷えとした外気に、思わず襟巻きをまきなおし、喜三郎は本降りになった雪のなかを急ぎ足で神田佐久間町三丁目の自宅のある長屋に向かった。

万世橋《まんせいばし》前の広場は、神田区の祝典会場になっていて、つり下げられた旗のうえには雪片が降り積もり、ガス燈の灯りにきらきらと輝いていた。

「明日の天気はどうなるやら……」

寒さにちぢこまる体を鼓舞《こぶ》するようにつぶやくと、喜三郎は雪道のなか帰宅を急いだ。

翌日の朝になっても、雪はまだ降りつづいていた。

「今年はよく雪が降りやがる……」

腰障子をあけて外の銀世界をながめわたした喜三郎は、そうひとりごちた。

上司にいわれたとおり、羽織袴《はおりはかま》の正装に着替えた喜三郎は、雪ですべる足元に気をつけながら宮城に向かった。空を見あげると、雪は小降りになり、そのうちやみそうな気配があった。

長屋を出てしばらくすると、すでにあちこちの町や辻でお祭り騒ぎがはじまっていた。この日を迎えるにあたって、催し物や飾り付けの準備に寝る間も惜しんで熱中する人びとがいた。趣向をこらした山車を引いて練り歩く者たち、手踊りをしてつながって歩く芸者ら、それらを酒を飲みながら囃《はや》したてる者などで通りはごった返して、まるで神田祭りと山王祭《さんのうまつ》りとがいっしょにやって来たような騒ぎっぷりである。どこへ行っても「憲法万歳」「日本万歳」「自由万歳」の歓声が飛び交っていた。

新聞には「千古未曾有《せんこみぞう》の大典《たいてん》」と見出しがおどっていたが、国民がどれほど憲法発布のこの日を待ちわびていたか、首都東京のわきかえるばかりの騒ぎを見れば瞭然《りょうぜん》である。

喜三郎は、人びとの間を縫うようにして歩いていった。

宮城前は、多くの人びとでごった返していた。宮城内では午前八時から紀元節の祭式が実施されたあと、十時から天皇皇后が出御《しゅつぎょ》して正殿で憲法発布の盛典がひらかれることになっていた。

（もう少しではじまるな……）

そのとき、うしろから肩をたたかれ、ふり返ると同じ神田郵便支局から駆り集められた局員が数人立っていた。どこであつらえたのか、みな日の丸の旗をもっている。

「おはようございます」

喜三郎は挨拶した。

「それにしても、ものすごい人出ですね」

二十代の梅木という外勤の局員が目を見張っている。

「天子《てんし》さまも、さぞお喜びだろうな」

四十代の佐野という内勤局員が感慨深げに言った。

その後、局員たちは祭式がはじまるまでの間、とりとめもない話をして時間をつぶしていた。

（おや？）

喜三郎は人込《ひとご》みのなかに、見知った顔を見つけた。小柄で顔に痘痕《あばた》のある学生である。

（たしか……）

塩原金之助とかいったな、と名を思いだしたところで、向こうから声をかけてきた。

「いやあ、あのときは」

金之助は人なつこそうな笑顔で近寄ってきた。

金之助のうしろには喜三郎の知らない青年が立っていた。以前会ったふたりとは別人である。一重《ひとえ》まぶたの、への字に口を結んだ若者だった。

「憲法、憲法と猫も杓子《しゃくし》も騒いでいますが、いったい国民の何人が憲法のなんたるかを知っているんでしょうね」

憲法制定事業は伊藤博文らを中心に発布まで秘密裏に進められていたので、国民にはそのつまびらかな内容は知らされていなかった。金之助の言葉の裏には、中身も知らずに大騒ぎする国民性への苛《いら》立《だ》ちがあるようであった。

「なあ、きみもそう思うだろう？」

金之助が同意を求めるようにうしろをふり向くと、連れ合いの若者が皮肉まじりにニヤリと笑って、「憲法発布どころか、絹布《けんぷ》の法被《はっぴ》をもらえると勘違いしていた大工もいるそうだ」と関西訛りのある声で答えた。

「ははは、よくできた笑い話だ」と言ってから、金之助は喜三郎のほうを向いた。

「申し遅れました。この男、ぼくと同じ高等中学で学んでいる正岡常則《まさおかつねのり》といいます」

金之助に紹介されて、正岡はぺこりと頭をさげた。この頑健そうな若者がやがて結核をわずらい、鳴いて血を吐くと伝えられるほととぎすに因《ちな》んで「子規《しき》」と号を名のり、俳句と短歌の革新に邁進《まいしん》するのはそののちの話である。

ちょうどそのとき、誰かの発声で「万歳三唱」がはじまった。二重橋の外に鳳輦《ほうれん》も引き出されていた。

「万歳！」

「万歳！」

「万歳！」

三呼《さんこ》したあと、「わーっ」という人びとの歓声が怒濤《どとう》のように広場をおおった。

「この日のために、万歳三唱は学校でさんざ練習させられてきたんですよ」

金之助が小声で喜三郎に伝えた。

喜三郎は、自分ひとりが両手をあげないのも目立っていけないと思い、みなといっしょに万歳したが、正直なところなにが喜ばしいのか、よくわかっていなかった。

「このあと夏目はどうするんだ？」

興奮さめやらぬ群衆のなかで、正岡が訊ねた。

喜三郎は、おやと思った。その不審顔をみてとって、金之助がつけ加えた。

「この間お会いしたときは塩原の姓でしたが、じつは昨年、夏目家に復籍しまして姓が変わったのですよ」

生後すぐに、金之助は夏目家から塩原家に養子に出されたのだという。複雑な家庭の事情があるのだと喜三郎は思ったが、もちろん口にはださなかった。

「とくにすることもないから下宿に帰るよ。正岡はどうする？」

喜三郎の心中など知るよしもなく、金之助は正岡に答えた。

「おれは久松伯爵《はくしやく》邸に寄ってみるよ。園遊会がひらかれているはずだ」

正岡は、旧松山藩主・久松家の育英事業である常盤会《ときわかい》給費生に選ばれ、常盤会の寄宿舎に住んでいると言った。

周囲の熱気がひとしきり収まったところで、式を統轄《とうかつ》している男が「学生諸君は、その場に残りなさい」と命じた。金之助も正岡も突然の指示におどろき、動揺した。

「先生、これはどういうことですか」

ひとりの学生が教師に問いただした。

「うむ。わたしもよくはわからんが、なにか異変があったようだ」

教師は困ったような顔をして、言葉をにごした。

そのうち、「森大臣が殺されたらしい」「犯人は大学生のようだ」という囁《ささや》き声があちこちから聞こえてきた。先ごろ、文部大臣の森有礼《もりありのり》が、大学の授業料を新たに徴収すると発表したことを聞いた学生たちが反発して、森に対して糾弾《きゅうだん》行動を起こしていたため、犯人が学生であるという噂が広まったらしかった。金之助や正岡は高等中学の学生だったが、そのとばっちりをうけた恰好になった。

「じゃあ、あたしはここで……」

喜三郎は金之助と正岡に別れを告げて、引き上げることにした。宮城前の広場には何十人という警察官が緊張した面持ちで群衆のようすをうかがっていた。

（くわばら、くわばら……）

災難に巻きこまれないように、喜三郎は早足でぬかるんだ道を神田方面に歩いていった。

二

（おや……）

表神保町《おもてじんぼうちょう》までやって来た喜三郎は行く手にあたって、不穏な空気をただよわせている人だかりを目にした。憲法発布を口実に、町のあちこちでへべれけになった酔っ払いがたむろしているので、つまらない揉《も》め事《ごと》のたぐいだろうと思って通りすぎようとした。近づくと、薄汚い長屋の木戸前でふたりの娘を三人の男たちが取り囲んでいる。

「だから、嫌だと言ってるじゃないですか！」

小柄な娘が気丈に大きな声をあげて抗《あらが》った。

「貧乏しているからといって、人の弱みにつけ込むような真似はやめてください！」

娘はさらにたたみかけるように言い募《つの》った。顔が紅潮している。

「そんな言い方はないだろう。あたしは親切心で言ってるんだ。奈津《なつ》さん、あんたも十七になるんだ、いつまでもおぼこでいられるもんでもないよ」

でっぷりと太った赤ら顔の四十男が、しつこく言い寄る。ハイカラめかして、山高帽にフロックコートを身につけているところが、かえって胡散《うさん》くさい。

背後には、一頭立ての馬車に乗った馭者《ぎょしゃ》の男と、短髪で黒紋付きの羽織を着た人相のよくない男がにやにや笑いながら控えている。

「毎日うまいもんを食って、きれいなおべべを着て、かせいだ金は親元におくれるんだ。いまのお前さんにとっちゃ、願ったりかなったりじゃないかね」

四十男がねちねちと言う。

「あたし、知ってますよ。そんなの、淫売《いんばい》と同じだってこと」

小柄な娘が男をにらみつけて、挑むように言った。

「おいおい、人聞きのわるいことを言わないでおくれ」

「ねえさんは十七でも樋口家の戸主《こしゅ》よ。樋口家の名誉にかけて、身を売るなんてこと、するわけないでしょ」

もうひとりの娘が加勢にはいった。どうやら小柄な娘の妹らしい。

「くにちゃん……」

小柄な娘は、妹の顔をみて言った。

「おめえは黙ってな」

短髪の男がドスの利《き》いた声で言った。左手に仕込み杖を持っている。

「いまはこんな貧乏暮らしだけど、そのうち奈津ねえさんは、田辺花圃《たなべかほ》みたいな立派な小説家になるんだから！」

くにという妹が発した「立派な小説家になる」という言葉を聞いたとき、奈津と呼ばれた娘の顔が一瞬きりっとしたのを喜三郎は見た。

そして、ああそうかと喜三郎は思いだした。たしか昨年の秋、表神保町二番地に移ってきた一家だった。仕事で忙しいのか、金策に追われているのか、父親の姿はほとんど見かけることはなかったが、母親とふたりの娘たちはいつも賃仕事の洗濯や裁縫に忙殺《ぼうさつ》されていた。郵便物をとどけると、母娘はかならず仕事の手を止めて、「ご苦労様です」「ありがとうございます」とねぎらいの言葉をかけてくれる。そのしつけのよさに、おそらく没落士族の一家なのだろうと喜三郎は思っていた。

喜三郎は父親の則義宛の文書や娘の奈津宛の手紙などを配達した記憶がある。娘宛の手紙の封には、小石川に住む中島歌子《なかじまうたこ》という女からの文字どおり水茎《みずくき》の跡うるわしい宛名《あてな》が記されていた。書にうとい喜三郎だが、あまりに達者な墨跡《ぼくせき》に感嘆し、文化芸能にくわしい矢野という局員に訊ねると次のような答えが返ってきた。

「そりゃあ藤丸さん、当然だよ。中島歌子は萩《はぎ》の舎《や》という歌塾の主宰者でね、弟子のなかには田辺花圃という出世頭がいるが、たしか去年六月に『藪《やぶ》の鶯《うぐいす》』という小説を出版して、新進作家として活躍めざましいそうだ」

姉弟子の田辺花圃につづいて、筆いっぽんで生きていこうと覚悟を決めている奈津という娘に関心をもっていた喜三郎は、その場を離れることができず、じっとたたずんでいた。

通行人たちも何事が起こったのかと興味津々《きょうみしんしん》で立ち止まっていたが、すぐに剣呑《けんのん》な雰囲気を察知すると、関わりをおそれるように足早に去っていった。

喜三郎はしばらくようすをうかがってから、男たちに近づいていった。

「おいおい、昼日中から、嫌がる娘さんを拐《かどわ》かそうなんてのは、あんまり関心しねえな」

「なんだ、てめえは！」

短髪の男がふり返って、喜三郎を鋭い目つきでにらんだ。身体中に頽廃《たいはい》感をただよわせている。

「ただの通りすがりの者だよ。お天道《てんとう》さんの下で阿漕《あこぎ》なことがおこなわれちゃあ、見過ごすこともできねえと思ってな」

「なにを！」

短髪の男は血相を変え、仕込み杖で喜三郎の胸を突こうとした。喜三郎はすかさずかわして仕込み杖の先をにぎり、手首を返した。喜三郎のあざやかな反撃に、油断していた男はひっくり返った。

「くそっ！」

男は怒声をあげて立ちあがった。即座に、仕込み杖をぬく構えをみせたので、喜三郎は両手をひろげ腰をおとして闘う体勢をとった。

「待て、角蔵。まだ先があるんだ。今日はこの辺でおとなしく引き上げるとするか」

でっぷりと太った男が、短髪の男を制した。いつの間にか、周囲に人だかりができていたのである。

「仕方ねえ。旦那、承知しました」

旦那と呼ばれた男は、角蔵という男に目で合図をすると馬車に乗りこんだ。

「てめえ、覚えていやがれ！」

捨《す》て台詞《ぜりふ》を残して、角蔵はあとから馬車に乗りこんだ。泥濘《ぬかるみ》の道を、馬車は轍《わだち》のあとを残して走り去った。

「ありがとうございました。お陰様で助かりました」

奈津は、丁寧にお辞儀をして礼を述べた。銀杏返《いちょうがえ》しの髪がほつれている。

「いや、なに、どうってことは……」

そう答えた喜三郎があらためて対面してみると、粗末な身なりはしているが、奈津はうりざね顔のなかなかの容貌だった。近眼なのか、じっと見あげる眼差《まなざ》しに力がある。眉のあたりに気の強そうな気質がうかがわれた。

「あの人は、父の仕事仲間だと言って、ひと月ほど前から現れるようになったんですが、うちの貧乏なことを知ってお金を貸してくれると言うのです。そりゃあ、知り合いの幾人かに恥をしのんで無心をしたことはありますが、あの人のことを金貸しの裏でいかがわしい商売をしているから気をつけろと忠告してくれる人もありまして、近づかないようにしていたのですが……」

午前中、奈津とくには連れ立って、式典でにぎわう町へ見物に出たのだと言う。その帰り、長屋の木戸前であの男と出くわしたのだと言った。

「ねえさん、母さんが待ってるから……」

とんだ寄り道をしてしまい、家で待ちこがれている母親のことを心配した妹が姉をうながした。

「そうね、せっかくのできたてのお饅頭がさめてしまうわね」

にこりと微笑むと、奈津は「ごめんください」と別れを告げて、木戸のなかに歩いていった。なにやら妹とひそひそ話をして、「うふふ」と笑う声が喜三郎の耳に聞こえてきた。

喜三郎が表神保町をあとにして、相変わらず憲法発布でにぎわう町中をとおって、神田佐久間町三丁目の住まいに帰ってきたときには、雪はやんでいた。

(腹がへった。蕎麦《そば》でも食いにいくか)

着替えをすませ、あらためて外出しようと思っていたところ、腰障子の向こうから訪《おと》なう声が聞こえた。

「やくざ者を相手に、ご苦労さんじゃったな」

聴き慣れた警視庁警部・国東英太郎《くにさきえいたろう》の声だった。返事も待たずに、障子をあけてはいってくる。

「見てたんですか」

座敷に立ったまま喜三郎が、国東警部に訊ねる。

「ああ、一部始終な」

勧められもしないのに、国東警部は破れ畳の端《はし》に腰をおろして葉巻に火をつけた。

「お人がわるい。すぐに警察がでてきたら、やつらは尻尾《しっぽ》を巻いてさっさと逃げていったのに」

「じつは、出ていけない事情があるんじゃや」

プカリと煙を吐きだして、国東警部は喜三郎の顔をうかがうように小声で言った。

「あのでっぷり太った男、蓼牛金兵衛《たでうしきんべえ》という商人じゃや。もとは棒手振《ぼてふ》りで日銭《ひぜに》をかせいでおったが、例によってご一新のどさくさ紛《まぎ》れで成り上がった商人のひとりでな、神田小川町に店をかまえて、化粧品や洋ものの輸入を生業《なりわい》としておる。じゃっどん、おもての商人の顔のほかに、じつは裏で人買いをしとるっちゅう噂ば流れておる。暮らしに困窮した家庭に返済はいつでもよろしいと金を貸しておきながら、時期ばみて法外な利子を加えて返済を迫る。返せないとなると、娘の身売りば強制する。事前に証文を書かせているので違法と言い切るのはむずかしいが、人身売買となるともちろん犯罪行為となる。やり口が巧妙で、これまで何人もの娘たちが横浜から香港《ホンコン》や南洋あたりに売り飛ばされてひどい目にあっとるのじゃが、なかなかボロを出さん」

国東警部はそこで煙を大きく吐きだした。

「そのうえ上玉《じょうだま》とみると、海外に売らずに人身御供《ひとみごくう》として政府高官に献上するという噂もある。年端《としは》のいかない娘をとりわけ好むやからもおるからのう。隠密で探偵たちに探らせているのじゃが、尻尾をつかめずにイライラしているという情況じゃ。つい二日前にも、密偵の巡査がひとり、行方知れずとなって連絡を断っておる」

葉巻を吸い終わった国東警部は、立ちあがって別れを告げた。

「まあ、そんな訳じゃから、おはんにもどこかでまた手助けしてもらうことになるかもしれん。そのときは、よろしくな」

国東警部は腰障子をあけて出ていった。

「そのときは、よろしくって言われても、俺はただの郵便集配人だぜ……」

喜三郎は腰障子を見つめながら、そうひとりごちた。

三

翌日以降、森有礼文部大臣殺害に関して、詳細なことが新聞で報じられた。

まず、犯人が大学生だということが流言《りゅうげん》だったことが判明した。

事件当日の朝八時すぎ、麹町《こうじまち》区永田町の文部大臣官邸を訪れた若者がいた。久留米絣の羽織を着た小柄な青年で、その小倉の袴には飛び散った泥がついていた。

「わたしは内務省土木局につとめる西野文太郎《にしのぶんたろう》という者ですが、至急大臣にお会いしたい」

緊迫した青年の顔つきに、異変を感じた門番はすぐに秘書官の中川置縄《なかがわおきのり》に伝えた。中川は、これから式典に出かけるという忙《せわ》しないときになにごとかと訝《いぶか》しく思ったが、門まで出てきて青年の用件を訊いた。

「わたしは西野文太郎という者です。じつは先ほど、門外にて祝典ご参列の森大臣を襲撃しようとの計画をしゃべっている怪しい輩《やから》を見つけ、急ぎお伝えに参りました」

西野のただならぬようすに、中川はとりあえずもう少し詳しく事情を聞こうと、玄関わきの応接室に待機させ、大臣に随行《ずいこう》する護衛の座田重秀《くらたしげひで》にこのことを伝えた。

座田もおどろき、いそいで奥に仕込み杖を取りに行った。

そのときちょうど、森有礼が靴音も高く二階から下りてきた。大礼服を着ていて、うしろに見送りの夫人や家扶《かふ》を連れている。

「大臣、しばらくここでお待ちください」

森が階段を下りたところで、応接室から出た中川が手で制した。

「なんだ？　馬車の用意ができたのではなかったか」

森は制止されて怪訝《けげん》そうな顔をした。

すると、その一瞬の隙《すき》をついて、西野が応接室から飛びだした。

「国賊森有礼に神罰を下す！」

西野はそう吼《ほ》えると、左手で森の腰をかかえ、右手で懐から取りだした出刃庖丁で右下腹部をぐさりとえぐった。

「うっ」とうめいた森は、その場にくずおれた。

「曲者！」

仕込み杖をもって引き返してきた座田は、驚愕して西野に一太刀《ひとたち》浴びせた。座田の攻撃を交わそうと西野は奥の厨房《ちゆうぼう》まで逃げたが、追い詰められて仕込み杖で切りさげられた。そして、三刀目で首を皮一枚残して切断され、その場で絶命した。

創傷《そうしよう》を負《お》った森は、軍医総監・高木兼寛《たかきかねひろ》と橋本綱常《はしもとつなつね》の治療を受けたが、翌日に死去した。四十二年の生涯だった。西野は山口生まれで、県庁職員をしていたが、上京した際、講道館にかよっていたという。

事件後すぐに、西野の殺害理由が取りざたされた。そのころ、ある大臣が伊勢神宮内宮《ないくう》を訪れた際、社殿にあった御簾《みす》をステッキでどけて中をのぞき、土足厳禁の拝殿を靴のまま上がったと新聞が報じて、問題となった。この大臣というのが森ではないかと噂された。それが真実かどうかは不明だが、この一件が国粋主義者である西野にとって許せざる国賊行為であることはまちがいなかった。西野の斬奸状《ざんかんじよう》には、森が「天皇をいただく我が国の基礎を破壊し、我が国を滅亡に陥れようとした」などと記載されている。

森有礼は、第一次伊藤博文内閣で初代文部大臣に就任し、つづいて黒田清隆内閣でも留任した。東京高等師範学校を「教育の総本山」と称して、教育改革に力を入れる。とりわけ良妻賢母教育こそが国是《こくぜ》と主張した。

学位令の発令、学校令の公布など学校制度の整備に奔走《ほんそう》するという功績も残しているが、英語の国語化を提唱した。いわゆる国語外国語化論である。これについては西周《にしあまね》、馬場辰猪《ばばたつい》、黒川真頼《くろかわまより》、清水卯三郎《しみずうさぶろう》ら学者や知識人らが反論。要するに、森の急進的な考え方は当時の一般的な感覚とはだいぶ乖離《かいり》していたということになる。

森にはハイカラ好きな一面があり、鹿鳴館設立も森の献策といわれた。明治九年、静岡県生まれの広瀬つね子と耶蘇教《やそきょう》式で結婚したが、十一年目に双方合意のうえ離婚。つね子の素行《そこう》は奔放で、日本人とは目の色のちがった子を産んだといわれる。離婚後、森は岩倉具視《いわくらともみ》の娘・寛子《ひろこ》と結婚。暗殺当時の夫人は、この京都生まれの寛子であった。

事件の一報をうけた警察は、政府要人暗殺に色めきたち、官憲の威信をかけて捜査にのぞんだ。すぐに右翼団体の主要メンバーを捕縛して取調べをしたが、とくに背後関係は認められず、斬奸状に記されてあったとおり西野の単独犯であるという結論におちついた。

西野の遺骸は麹町警察署で写真撮影されたあと、同区役所によって青山墓地に仮埋葬され、そののち谷中《やなか》の共同墓地にうつされた。参詣者が絶えず、しばらくは香煙《こうえん》がもうもうと立ちこめたという。西野は一躍大衆から英雄として祭りあげられることになったのである。

西野がしたことは人倫上も法律上もけっして許されることではないが、事件を伝える新聞雑誌はこぞって西野の暴挙を称賛し、森に対する同情はほとんど見られなかった。それどころか国民のなかには、匿名《とくめい》や無名で遺族に香典《こうでん》を送る者、墓前で朗々《ろうろう》と弔辞を読む者に加えて、西野の伝記や読売《よみうり》を出版して荒稼《あらかせ》ぎする者なども出てきて当局の逆鱗《げきりん》に触れ、やがてすべて出版禁止となった。

一方、ちぐはぐな対応もある。

事件の翌晩からさっそく、本郷の講釈場・岩本で、松林伯知《しょうりんはくち》が「森有礼伝」を読んだのであるが、この毎夜にわたる続き物が大入り満員の大評判となった。じつは伯知は、十一年前の紀尾井坂《きおいざか》での島田一郎らの不平士族らによる大久保利通《おおくぼとしみち》暗殺事件が起こったとき、麹町で講釈にして警察署に引っ張られていたのだが、面妖《めんよう》なことに今回は差し止めがなかったのである。

大久保の場合は、初代内務卿《ないむきょう》として権力の中枢にいた重要人物であったということもある。その死を揶揄《やゆ》批判することは以《もっ》ての外《ほか》だという意識が官憲に流れていたのだろう。一方、森の場合はどうか。森はあくまでも内閣総理大臣・伊藤博文の下ではたらく一閣僚にすぎない。その彼我《ひが》の差が、事件後の対処のちがいとなったようだった。

## 四

憲法発布と、森有礼殺害事件があった数日後のこと。

その日も郵便業務をおえて、神田郵便支局の通用口から外に出た喜三郎は、薄闇のなかにガス灯がともる万世橋のほうに歩きだした。しばらくすると、背後から「おめえ、郵便屋だったのか」と呼びかける声がした。

ふり返ると、先日、表神保町で悶着《もんちゃく》のあった蓼牛金兵衛の用心棒の角蔵という男だった。

「探していたんだぜ。この間の借りを返してやろうと思ってな」

危険を察知した喜三郎が角蔵の背後に目をやると、薄暮のなかに一頭立ての馬車が止まっていて、窓からでっぷり太った男の顔がのぞいた。

「たまたまこの辺りをとおったら、あんたを見かけたというわけだ。いっしょに乗らんかね」

蓼牛金兵衛の口調には、否応《いやおう》をいわせぬ圧力があった。喜三郎は仕方なく、踏み台に足をかけて馬車に乗り込んだ。意外に中は広い。あとから角蔵も乗ってきて、喜三郎の隣に腰を下ろした。逃げられぬように用心しているのは明らかだった。馬車は行く先が決まっているかのように、一散《いっさん》に走りだした。

「いやあ、先日の憲法発布の日には、どこもかしこも大賑《おおにぎ》わいでしたな。これで我が国も、世界の一等国の仲間入りを宣言したというわけですな」

金兵衛はひとりで、ぺらぺらとしゃべりつづける。喜三郎は金兵衛の駄弁《だべん》を聞き流しながら、どこを走っているのか、たえず暮れゆく窓外に目をやって注意をおこたらなかった。

どうやら馬車は北に向かって走っているらしい。しばらくすると、正面に大きな池が見えてきた。池の真ん中にある小島から、不忍池《しのばずのいけ》だとわかる。沈みゆく西日をうけて弁天堂がシルエットになっている。池畔《ちはん》の水草はすっかり枯れ、冷たい水とともに寒々しい印象をあたえている。馬車は池之端《いけのはた》をテンポよく駆けていく。

やがて吉原《よしわら》にあるような惣門《そうもん》の下をくぐり、両側に灯のないガス灯がつらなる大通りにはいった。数年前には百軒もの見世《みせ》が並び、七百人近くの遊女を擁《よう》していたといわれる根津《ねづ》遊郭である。だがいまは、ゴーストタウンさながらの様相を呈《てい》している。

というのも、一年すこし前に、政府から深川洲崎《すさき》への移転を命じられ、往古《おうこ》の殷賑《いんしん》の名残が微塵《みじん》も感じられないからである。ほとんどの妓楼《ぎろう》が洲崎に移り、あとは廃業したり吉原に移ったりという始末になった。人の住まない家屋は散らかりほうだいで廃屋同然となり、取り壊しがおわった楼もあちこちに無惨な姿をさらしている。

そもそも立ち退《の》きの理由のひとつが、近くにある東京帝国大学の学生らが遊女屋に入りびたって学業をおろそかにして困るというのである。この国の将来を背負っていく優秀な学生たちが女郎風情《ふぜい》にうつつを抜かし、あたら才能を浪費するということは国家的な損失であるというのだった。

妓楼に通い詰めた帝大生のなかには、坪内雄蔵《つぼうちゆうぞう》という学生がいて、大見世の大八幡楼《おおやわたろう》の花紫《はなむらさき》という花魁《おいらん》を大枚はたいて身請《みう》けしたという話もあり、どうやら本当らしいと人々は噂しあったのだった。

ちなみにこの青年は、四年前に「坪内逍遙《しょうよう》」の筆名で文学論『小説神髄《しょうせつしんずい》』、小説『一読三歎《いちどくさんたん》・当世書生気質《とうせいしょせいかたぎ》』を発表し、近代文学草分けのひとりとなっている。

後からできた帝大に、先にあった遊郭が追い払われるとは理不尽きわまりないということで、一部の学生や遊客から猛反対があったが結局、無視されたのである。

そのゴーストタウンと化した遊郭の裏通りのはずれまで来ると、ようやく馬車は止まった。冷気のなかを走り続け、馬のからだからはもうもうと湯気がでていた。

「降りろ」

角蔵が顎《あご》で示した。

まだ取り壊されていない裏茶屋らしき一軒の家の前だ。遊郭には順調に運営していくためのしきたりや秩序があって、それを破るととんでもない仕置きが待っている。楼主と遊女、芸者との恋愛はもちろん禁じられているが、幇間《ほうかん》、若い者、髪結いなど妓楼に出入りする者は客として登楼できない。では、どこで思いを解消するかというと、裏茶屋という「密会の宿」がある。ここで人目をしのんで、思いを遂げるのだ。裏茶屋はその性格上、目隠しのため、周囲を竹垣でかこってある。

一行は馬車を下りると、柴葺《しばぶ》きの門をくぐって前栽《せんざい》や石灯籠のある庭にはいっていった。敷石をふんで、正面の格子戸をあける。

「変わりはないか」

金兵衛が訊ねると、中で見張り番をしていた太った男と、小柄な男がかしこまって「へえ、何事もありません」と答えた。ときおり人の出入りがあり、人の声も聞こえてくるが、近隣の人びとは気味悪がって近づきもしない家屋である。

「しっかりやれよ」

角蔵が肩をそびやかして、男たちに伝えた。

建物の中には、いくつかの部屋があった。そのうちの奥の格子のはまった薄暗い、饐《す》えた臭いがする部屋に、女が七人ほど押し込められていた。部屋のなかには、大小便用の桶《おけ》がおいてあり、握り飯がつつんであった竹の皮が散らばっている。水は樽《たる》にはいっていて、柄杓《ひしゃく》がそのなかに突っ込んである。ざんばら髪で化粧《けしょう》っ気《け》のない女たちは一様にうなだれていて、もとはそれなりの顔立ちだったのだろうが、見る影もなく垢《あか》で薄汚れていた。

(かどわかされた女たちだ……)

喜三郎は、角蔵に小突《こづ》かれながら先に進んだ。

「おめえがはいるのは、ここだ」

角蔵が顎で示して、喜三郎を狭くて暗い納戸《なんど》のような小部屋に入れ、鍵をかけた。

中にはいって目を凝《こ》らすと、部屋の隅にすでに先客がいた。横になったまま動かない。死んでいるのかと思ったが、人の気配を感じたのか、「ううっ」とうめき声を発した。

「もし、しっかりしなせえ」

喜三郎は声をかけた。

「あたしは不審な者じゃねえ。喜三郎という郵便集配人だ」

相手の素姓を知って安心したのか、男はほっとした表情になって答えた。

「お、俺は警視庁の巡査で相良《さがら》という。人買いの探索を命じられて蓼牛金兵衛の周辺をさぐっていたら捕まって、ここに閉じこめられてしまった」

「そうかい。安心しな。あたしは、国東《くにさき》警部の知り合いだ」

喜三郎は相良にそっと耳打ちした。

国東の名を聞いた男は、安心したのか、そのまま気を失った。

憲法発布の日に自宅にやって来た国東が、探索中に行方をくらました巡査がいたといっていたが、それがこの男だったのかと喜三郎は思った。

「互いに身元の紹介がおわったかね」

いつの間にか、やって来た金兵衛が格子のそとから声をかけた。

「じつは、お前をここまで連れてきたのは、なにも巡査とご対面させるためじゃない」

金兵衛はいやらしくぺろりと舌で唇をなめた。

「巡査ひとりを殺せば、警察のやつらは犯人捜しに躍起《やっき》となる。ところが、くたばった巡査の傍らにもうひとつの死体を置いておけば、犯人逮捕の際に死傷をおって死んだのだと判断される。犯人死亡のまま、事件は解決というわけだ」

金兵衛のうしろで、角蔵がにやにやと笑っている。

「いままでわしらの計画は順調にいっていたんだが、ここに来てまずいことが起こった。木は森に隠すのが最善だが、引っさらってきた女どもを隠す場所は女の園にかぎると考え、この根津遊郭の一角にある裏茶屋を買い取って利用していたんだが、つい先年、根津から深川洲崎に移転しろとのお達しがあってな。それに、森有礼暗殺事件があってから、警察の裏社会への監視がひときわ厳しくなってきた。ちょうど、これをきっかけに人身売買から足を洗おうと決断したというわけだ。いまいる七人の女たちは馬車で横浜まで運び、あとは港からサイゴン、ジャワ、フィリピン、シンガポール、香港などへ外国船で送る。南洋は、こっちと違って気候も温暖で、まるで天国だって話だ」

「ふざけるんじゃねえ！」

喜三郎は吼《ほ》えた。

親元から引き離され、着の身着のまま外国船の船底に押し込められ、着いた途端、言葉も通じない異国で命が尽きるまで身をひさぐ女たちにとって、どこが天国なのか。

「元気がいいのも、いまのうちだ。さっさと片づけちまいな」

金兵衛の指示で、見張り番のふたりが喜三郎と巡査を引き出そうとして、格子の鍵をあけた。その一瞬をついて、喜三郎はまず小柄な男に飛びかかった。くんずほぐれつ、ふたつの体は転がりつづけた。柳剛流の目録をもつ喜三郎は、壁に立てかけてあった樫《かし》の棒を手にとると、両手でもってシュッシュッとしごいた。すかさず、小柄な男のみぞおちに棒の先を突き当てる。男は「ぐっ」と呻《うめ》いて、地に倒れた。

「この野郎！」

今度は、太った男が力まかせにうしろから羽交《はが》い締《じ》めにした。喜三郎は身を低くして、その両腕の輪をすりぬけると、横に転がって樫の棒で相手のすねを思いきりたたいた。

「うわあ！」

骨がくだける音とともに、太った男の絶叫があたりに響いた。

ゼイゼイと息を切らせながら、喜三郎は樫の棒の先を角蔵のほうに向けた。

「郵便屋にしては、なかなかやるじゃねえか」

角蔵が仕込み杖をぬいて、切っ先を喜三郎のほうに向けた。やくざ者の喧嘩殺法だから、恐れるにはたりないとは思いつつも、さすがにふたりも倒しては疲れも覚える。肩で息をしながら、どうしたらいいものかと喜三郎は考えた。

「悪あがきはよせ。年貢《ねんぐ》の収めどきだ」

ふり返ると、いつの間にか金兵衛の右手に拳銃がにぎられていた。

「おとなしくせんと、引き金をひくぞ」

前には刃を向けた角蔵、うしろには拳銃をかまえた金兵衛。文字どおり、前門の虎、後門の狼である。もはやこれまでかと喜三郎は覚悟をした。

そのとき、それまで死んだように動かなかった相良巡査が渾身《こんしん》の力で金兵衛の脚をつかんで引き倒した。

「あっ」という声と同時に、金兵衛はひっくり返った。その拍子に、拳銃が宙《ちゅう》に舞った。

喜三郎は床に転がった拳銃をすかさず手にすると、銃口を金兵衛に向けた。郵便保護銃で、拳銃の扱いには通じている。

「観念するのは、お前たちのほうだ」

金兵衛に銃口を向けた喜三郎に、こんどは角蔵が飛びかかろうとした。すかさず喜三郎は、角蔵に向けて引き金をひいた。

バンという音がした瞬間、角蔵が倒れた。喜三郎の撃った銃弾が角蔵の脹脛《ふくらはぎ》を貫通したのである。

角蔵は苦痛に顔をゆがめ、うめき声をあげた。

「ここまでだな」

喜三郎は、金兵衛に向かって言った。

そのとき表口から、怒鳴り声をあげながら数人の男たちがなだれ込んできた。

「拳銃の発砲音が聞こえたが、無事か！」

大声をあげて、最初に飛び込んできたのは警視庁の国東警部だった。

「やつらをふん縛れ！」

国東警部の命令一下、部下たちが機敏に動く。表にいた馭者《ぎょしゃ》を加えて一味五人は捕縛され、傷ついた相良巡査は戸板にのせられ運びだされた。七人の娘たちは無事に救いだされたとはいえ、監禁による苦痛と疲労で自力で立ちあがれず、ぶるぶると震えながら巡査らに抱えられて出ていった。

「もう少し登場が早ければ、こんなに冷や冷やすることはなかったのに」

喜三郎は国東警部に拳銃をわたして、軽口をたたいた。そして、「あっ」と心のなかで叫んだ。

今日のこの場の情況といい、先日の表神田町の樋口姉妹の一件といい、国東は喜三郎をエサに人買い集団を逮捕しようと目論《もくろ》んでいたのではないか、いや、そうに違いないと喜三郎は気づいたのだった。

（こっちは命がけだったのに、食《く》えないお人だ）

捕らわれていた七人の娘たちを無事に保護し、人買い一味を一網打尽《いちもうだじん》にした国東警部は、葉巻を一服吸いつけると、満足そうな笑みをうかべた。

「高そうな煙草ですね」

国東警部のやり方が癪《しゃく》にさわった喜三郎は、意地悪そうな目をして訊ねた。前々から国東の葉巻が気になってもいたのである。

「ああ、この葉巻か」

口にくわえていた葉巻を右手の親指と人差し指でつまんで目の前にかかげると、国東警部は目をほそめて答えた。

「わしには道楽ってものが特になくてな。せいぜい煙草くらいは上物《じょうもの》を吸おうと思ったんじゃ」

「ずいぶんとハイカラなご趣味で」

皮肉まじりに喜三郎は返した。

「うむ」

国東には、その皮肉は通じなかったようだった。

国東警部と出会ったころ、自分は西南戦争の生き残りだと言っていた。いまの薩長が牛耳《ぎゅうじ》る政治に対して非難するようなことも言っていた。当時は土のにおいのする親しみやすい性格の国東に好ましいものを感じていた喜三郎だったが、いまはその印象も薄れている。警視庁警部としての貫禄も身につき、着るもの食べるものすべてが都会風になり、垢抜《あかぬ》けしてきた。近ごろでは薩摩訛りもとれてきて、自分のことを「おい」と言わず、「わし」と言うようになった。もとより国東の生活は国東のものであり、喜三郎がとやかく言い立てることではないが、心に寂しいものがたゆたってくるのはどうしようもなかった。

## 五

人買い事件が落着したあと、例によって国東警部が神田佐久間町三丁目の喜三郎の住まいを訪れた。

「今回も、たいへん世話になった。おはんと酌《く》み交《か》わそうと思ってな。今日はしじみじゃなかぞ、鰻《うなぎ》の蒲焼きじゃ」

そう言って、国東警部は麻袋のなかから酒のはいった徳利と蒲焼きがはいった竹の皮を取りだした。

喜三郎は薄暗い台所から、盃と箸、小皿をふたつずつ持ってくる。

「おはんに救ってもろうた相良巡査は、お陰様で順調に快復しておる。じき、現場に復帰できるじゃろう」

「そりゃあ、ようございました」

喜三郎は今回、すっかり国東の駒《こま》として使われたと思っているので、気分を害していた。当然、ぶっきらぼうな返答になる。

「蓼牛金兵衛らの一味は捕らえたが、じつはまだほかにも目星《めぼし》をつけておる組織があってな。人身売買の問題は、なかなか手に負えん。今回の七人のなかには借金の形《かた》に身売りされた娘だけではなく、秩父《ちちぶ》や栃木の山奥から神隠しにあったと偽《いつわ》って、さらわれてきた者もいたことが判明した。一方、娘を金で手に入れた政府高官たちも、養女にしたとか召使いとして雇ったとか、いろいろと言い逃ればしおってな。人買いとの関わりをいっさい認めようとはせん。上のほうからも、まつりごとに影響するから、これ以上は詮索《せんさく》するなと釘を刺されておる」

国東警部はそこまで一気に話すと、盃の酒をぐっとあおり、蒲焼きの端をポイと口に放りこんだ。

喜三郎も盃の酒を口に含みながら、憲法発布の日、宮城《きゅうじょう》前で会った夏目金之助という学生が言っていたことを思いだした。「いったい国民の何人が憲法のなんたるかを知っているのか」と金之助は冷ややかな口調で言ったのだった。

憲法発布を「絹布《けんぷ》の法被《はっぴ》」とまちがえ、てっきり政府から法被がもらえるのだと思い違いをしていた大工がいたという話を金之助の友人の正岡も語っていた。

その程度の知識しかない国民。「千古未曾有の大典《せんこみぞうのたいてん》」はただのお祭り騒ぎで終わってしまい、あとはなにもなかったかのような、これまでどおりの日常のくり返し。付和雷同《ふわらいどう》で、なんの定見《ていけん》ももたない国民。

ご一新後、書生や壮士らがさかんに自由だ民権だと騒ぎ立てているが、旧幕時代と同様、人買いがはびこる世の中だ。何が新しい時代だ、根っこはそのままではないかと喜三郎は思う。

(それに……)

森有礼文部大臣暗殺事件のときも、殺人という明らかな蛮行《ばんこう》に対して、少なからぬ国民が喝采《かっさい》をおくっていた。近代国家への第一歩を踏みだすための憲法発布当日に法を破った犯罪者を、英雄のごとく称賛する日本国民というものが喜三郎には理解できなかった。一介の郵便集配人にすぎない喜三郎には、きちんとした理屈は組み立てられなかったが、この国の深いところではなにも変わっていないのではないかという思いがしきりにした。

「邪魔をしたな。今回もほんとうに世話になった」

そう言い残すと、小皿のうえに箸をおき、ほろ酔い気分で国東警部は帰っていった。

ひとりになった喜三郎は、暗くなった家のなかで石油ランプの灯りもつけず、静かに酒を口に含んでいた。国東が箸をつけた蒲焼きには手を出す気もなかった。

三月になって、表神保町周辺の集配をした喜三郎は、樋口則義の家族が住んでいた住まいが空き家《あきや》になっているのを知った。近所の住人に訊ねると、神田淡路町《あわじちょう》に転居したのだという。なんでも、則義が昨年、仲間と設立準備をしていた東京荷馬車運輸請負業組合からの脱退者が相次いで、則義が出資した大枚百円がフイになり、引っ越しを余儀なくされたらしい。喜三郎の集配区域に神田淡路町ははいっていない。

（あの姉妹のことだ。こっちが心配するには及ばねえな……）

喜三郎は、あの日の奈津の気丈なふるまいを思いだし、懐かしく思った。

五年後、喜三郎とは縁がない文学の世界では、樋口一葉という二十二歳の女性作家が『大つごもり』を「文学界」に掲載し、以降、堰《せき》を切ったように『たけくらべ』『にごりえ』『十三夜』『われから』と次々に力作を発表する。そして、その斬新な作風に森鷗外《もりおうがい》や幸田露伴《こうだろはん》ら錚々《そうそう》たる文学者が瞠目《どうもく》し、絶賛することになる。一葉とは、あの奈津の筆名である。だが二年後、一葉は肺結核のため二十四年という短い一生を終える。

藤丸喜三郎はそんなことも知らずに、毎日、郵便の集配に精を出していた。

（了）

# あとがき

※　小説のストーリーに関わる部分があるので、本編を読んでからお読みください。

東京都墨田区押上《おしあげ》にある東京スカイツリータウン・ソラマチ九階に郵政博物館がある。自動販売機でチケットを買って入館するとすぐに、郵便とは不似合いなものが展示してあるのを見て、私は一瞬ドキリとした。拳銃、つまりピストルだ。博物館のしおりには、こう書いてある。〈郵便が創業して間もない一八七三年（明治六年）頃から一九四五年（昭和二十年）頃まで、危険地域で郵便を運ぶ運送・集配員は郵便保護銃と呼ばれる、六連発のピストルを持ち歩いて郵便物を保護していました。当時、現金書留を狙った強盗が郵便運送員を襲い郵便物が奪われるという事件があったことから、配布されました〉（算用数字は漢数字に改めた＝引用者）

なんと、一九二三年（大正十二年）に携帯を許可された警察官より半世紀も前に拳銃を所持していた職業は、郵便集配員だったのである。それを知ったとき、私の頭のなかに想像（妄想？）がひろがった。アメリカ西部の荒涼《こうりょう》とした無法街をそっくり、混沌とした明治時代初期の東京に置きかえ、拳銃を撃ちあう決闘を描いたらおもしろいだろう――。

郵政博物館に行く前か後か、いまではよく覚えていないが、小説のネタ探しで『明治百話』という本を読んでいたら、「明治の郵便集配人」の項があった。筆者の篠田鉱造《しのだこうぞう》が郵便集配人から仕事の実態を聞き書きした四ページほどのルポだが、読んでいて明治時代の郵便業務の実状がリアルに感得された（ちなみに、この本には郵便保護銃のことは書かれていない）。

私の想像（妄想？）は膨らんだ。つまり、明治時代の郵便集配人を主人公にした時代小説が書けないものか、と思ったのだった。たぶん、これまでだれも書いていないはずだ、おもしろいではないかと、創作の虫がうずき出したのだ。そこで、さっそく資料を集めて読んでみると、明治二十年前後には世相を反映したおもしろい事件が次々に起こっていることがわかった。小説の舞台をその時代に設定して、自分でもワクワクして未知の世界を書きはじめたという次第だ。以下、参考資料の紹介もかねて、自作解説をしたい。

第一話「郵便集配人は二度銃を撃つ」

猖獗《しょうけつ》をきわめる感染症、公務員の不祥事、職場のパワハラ、権力者への忖度《そんたく》、汚職事件の揉《も》み消し、生活水準の格差……読んでいて、「あれ、これって明治のこと？　現代のこと？」と思った方も多いと推察する。百年たっても、この国はすこしも変わっていないんだとガックリするかも知れないが、いつの時代でも庶民はつましく、地道に生きているのだということは忘れてはならないと思う。

なお、郵便保護銃の管理態勢や線条痕の扱いについては、ストーリー上、作者の都合のいいように記述していることをお断りしておく。

第一話では、事件の背後にいる重要人物として三島通庸《みしまみちつね》を登場させた。ちなみに、三島通庸の長男・

弥《や》太郎《たろう》は父親とは別の銀行家の道にすすみ、陸軍大将・大山巌《おおやまいわお》の長女・信子と結婚する。だが、信子が結核にかかって離婚。徳富蘆花《とくとみろか》のベストセラー小説『不如帰《ほととぎす》』に登場する海軍少尉・川島武男は弥太郎を、その妻・浪子《なみこ》は信子をモデルにしたといわれる。

第二話「虎は生きて子を残し、巡査は死して名を残す」

冒頭、連続ピストル強盗の清水定吉《しみずさだきち》が三島通庸のフリをして小川佗吉郎《おがわたきちろう》巡査をあざむく場面があるが、これは作者の創作。ところが実際に、三島は変装して市中巡回をしていたらしい。矢田挿雲《やだそううん》『新版《しんぱん》江戸から東京へ』の「黒船町《くろふねちょう》の拳銃強盗」の項に、〈三島総監、口惜しがって、破落戸漢《ごろつき》に変装し、わざと下町の非常線に引っかかって、警戒ぶりを見回るようなこともした。時には新米巡査に誰何《すいか》せられ、「俺は三島じゃ」といっても、きかれず、「総監のお名を詐《かた》るとは、不都合な奴じゃ」と横面《よこつら》を殴り倒されたような秀逸《しゅういつ》もあった〉とある。

清水定吉を捕らえた小川巡査の話は実話。現在、久松《ひさまつ》警察署は東京都中央区日本橋にあるが、隣接する児童公園の入口に「小川橋の由来」という碑《ひ》が建っている（地元の久松協力会が、久松警察署創設百年等を記念して、昭和四十九年四月二十六日に建立）。その碑には、小川巡査が清水定吉を捕らえたときの負傷がもとで死去し、その功績をたたえて、いまはない橋を「小川橋」と名づけたという由来が刻まれている。ところが、小川橋については、この事件が発生する前から「小川橋」と呼ばれていたという説がある。小説としては、殉死《じゅんし》した小川巡査を顕彰したとしたほうがおもしろいと考え、作中のようにした。

蛇足であるが、この児童公園の奥に久松町区民館という小さな建物があり、なにか情報がないかと立ち寄ったところ、窓口にいた女性は碑の存在すら知らなかったと言う。つい百メートルほど先にある遺跡を伝える碑があることを地元の人が知らないというのも、時の流れかと感じ入った次第だった。

閑話休題《かんわきゅうだい》。清水定吉の事件はその後、「ピストル強盗清水定吉」として新派芝居、浪曲、映画でも取り上げられる人気となった。芥川龍之介《あくたがわりゅうのすけ》までが、『本所両国《ほんじょりょうごく》』の「相生町《あいおいちょう》」の項で、清水の逃亡劇を〈ロマン趣味を感じずにはいられなかった〉〈犯罪的天才は大抵は小説の主人公になり、更に又所謂《いわゆる》壮士芝居の劇中人物になったものである〉と絶賛している。

チャリネ曲馬団もこの時期に来日している。坂口安吾《さかぐちあんご》は『明治開化　安吾捕物帖』の「密室大犯罪」という話のなかで、この曲馬団のことに触れている。怪しい男を追跡してサーカスのなかに導かれるという筋書きにしたのは、江戸川乱歩《えどがわらんぽ》の『サーカスの怪人』へのオマージュ。ここは少年探偵団風のテイスト。サーカスの観客のなかに三人の男女が登場する。最初は、日本近代小説の先駆『浮雲《うきぐも》』を書いた二葉亭四迷《ふたばていしめい》を登場させようと考えたのだが、いいストーリーが思い浮かばなかったので、代わりに『浮雲』に登場する内海文三《うつみぶんぞう》、園田家のお政とお勢という母娘に特別出演してもらった。また、サーカス・テントでの親子の会話のなかに「東京招魂社《しょうこんしゃ》」が出てくるが、これは現在の靖国《やすくに》神社。A級戦犯合祀《ごうし》、首相の公式参拝などでなにかと話題になる神社だが、かつてはサーカス、競馬、相撲《すもう》、博覧会などのイベントが境内で開催された。詳しくは、坪内祐三《つぼうちゆうぞう》『靖国』参照。なお、「神田っ子虎」は実在した。

第三話「書生と毒婦と娘義太夫と」

花井お梅の峯吉殺しは、当時センセーショナルな事件として報道された。その後、草双紙《くさぞうし》として物語化され、河竹黙阿弥《かわたけもくあみ》による戯曲が舞台で上演された。昭和十年には川口松太郎《かわぐちまつたろう》の戯曲『明治一代女』が大ヒットし、のちの文芸演芸に大きな影響を与えた。実録物では、綿谷雪《わたたにきよし》の『近世悪女奇聞《きぶん》』に花井お梅の章がある。評論では、朝倉喬司《あさくらきょうじ》『毒婦の誕生―悪い女と性欲の由来』の最終章で花井お梅を取りあげている。お梅が登場する小説というと、『平林《ひらばやし》たい子毒婦小説集』がある。高橋お伝《でん》、妲妃《だっき》のお百《ひゃく》とともに、この毒婦の刃傷沙汰《にんじょうざた》が創作されている。山田風太郎《やまだふうたろう》『幻燈辻馬車』の「仕掛花火に似た命」にも、お梅と峯吉が登場する。先に紹介した『新版江戸から東京へ』によれば、お梅は懲役《ちょうえき》十五年の刑に服したあと、なぜか浅草奥山で汁粉《しるこ》屋を開業。希代《きたい》の毒婦をひと目みようと、見物人が潮《うしお》のように押し寄せたという。

「汁粉屋つながり」でいえば、甘いものが大好きな夏目金之助（漱石）とともに汁粉屋で汁粉を食べていた中村是公《なかむらぜこう》は東京帝国大学卒業後、官僚をへて満鉄《まんてつ》総裁、東京市長、貴族院議員を歴任。橋本左五郎《はしもとさごろう》は札幌農学校卒業後、東北大学教授や官庁の重職をへて、畜産・練乳研究の第一人者となっている。汁粉屋で、橋本左五郎が金之助に向かって「お前はやっぱり義太夫よりも落語のほうか」と話しかける場面がある。漱石の寄席がよい、落語好きはよく知られている。後年、漱石は『三四郎』のなかで、三四郎が友人から昇之助《しょうのすけ》という娘義太夫の評判を聞いて、〈何だか寄席へ行って昇之助が見たくなった〉と思ったと書いている。

そのすこし先では、三四郎の友人・佐々木与次郎の口を借りて、漱石の三代目・柳家小《やなぎやこ》さん論が開陳《かいちん》されている。〈小さんは天才である。あんな芸術家は、滅多《めった》に出るものじゃない。（中略）実は彼と時を同じうして生きている我々は大変な仕合《しあわ》せである〉と評しているのだが、文豪が「天才」と絶賛する噺家《はなしか》の話芸がどんなものだったのか、大いに興味をそそられるところである。ちなみに、金之助が腹膜炎のために進級試験を受けられず落第するのは事実。トラホームにかかったのも事実。

閑話休題。大人になった漱石を主人公にした小説はいくつもあるが、学生時代の漱石を主人公にした小説は、寡聞《かぶん》にして小泉譲《こいずみゆずる》の『若き日の漱石』くらいしか思い浮かばない。

第三話に登場する浅草の人造富士は実在した（二年後の明治二十二年に暴風雨で倒壊）。この場所で喜三郎と金之助を再会させたのは作者の創作だが、金之助の「この夏、ほんものの富士に登ってきましてね」というセリフの内容は事実。明治二十年夏、金之助は是公らと富士登山をしている。

### 第四話「大日本帝国憲法と人身売買」

大日本帝国憲法発布当日に、文部大臣・森有礼《もりありのり》が刺客・西野文太郎《にしのぶんたろう》に暗殺されたのはもちろん事実。山田風太郎の小説『ラスプーチンが来た』の冒頭部分に、この暗殺事件がリアルに描かれている。滝《たき》沢志郎《ざわしろう》の松本清張賞受賞作『明治乙女《おとめ》物語』の終章、田中ひかるの評伝『明治を生きた男装の女医―高橋瑞《みず》物語』の中ほどにも森暗殺事件に触れた個所がある。発布の日、宮城《きゅうじょう》前に夏目金之助（漱石）と正岡常規《つねのり》（子規）がやって来る場面は、作者の勝手な創作ではない。柴田宵曲《しばたしょうきょく》の『明治の話題』の「憲法発布」の項に、〈二重橋の外に鳳輦《ほうれん》を拝して万歳を三呼《さんこ》した後、子規は学校の行列に加はらず、旧藩主たる久松伯邸の園遊会に赴《おもむ》いた〉〈子規と同窓の漱石もこの時共に鳳輦を拝し、万歳を三呼した一人である〉とある。

作中、樋口奈津《ひぐちなつ》（一葉）が主人公の喜三郎とからむ場面がある。当時、一葉が表神保町《おもてじんぼうちょう》に住んでいたのは事実。十六歳で樋口家の戸主《こしゅ》となっている。現代でいえば高校生であり、青春真《ま》っ只中《ただなか》の時期。

自分の力ではどうにもならない極貧《ごくひん》のなかで、文学への道をひたむきに歩みつづけた一葉には感嘆するしかないし、敬意を払うのにやぶさかではないが、そんな健気《けなげ》な娘に「反感」を抱いた人物がいる。民俗学者の柳田國男《やなぎだくにお》だ。

柳田は『柳田國男文芸論集』所収の「一葉女子のこと」というわずか二ページの短文のなかで、〈樋口一葉には、僕は反感をもっていた。みながチヤホヤして出入したし、おしまいには、正直正太夫《しょうじきしょうだゆう》（斎藤緑雨《さいとうりょくう》）みたいな人間までが行って機嫌をとったりなんかするようになって「ナアんだ」と思った。僕はあんまり、それこそ尊敬しなかった〉と書いている。柳田はもともとは文学青年で、田山花袋《たやまかたい》とは和歌を学んだときからの友人。明治三十年には国木田独歩《くにきだどっぽ》、宮崎湖処子《みやざきこしょし》らと新体詩集「抒情詩」を刊行。しかし数年後、詩と訣別し、農政官僚から民俗学へ転向する。この短文の後半は森鷗外《もりおうがい》についての記述に移っていて、一葉に関する内容は前半のみ。しかも「反感」の具体的な内容が記されていない。私には単なる感情論、いわれなき中傷《ちゅうしょう》としか思われない。

当時、第一高等中学校に通っていたエリートの柳田は、市井《しせい》に暮らす貧乏娘の文学的才能が羨《うらや》ましかったのか。柳田は一葉より三つ年下で、十四歳から和歌を学んでいる一葉に対して、十五歳（十六歳という説もある）で桂園派《けいえんは》の歌人・松浦辰男《まつうらたつお》（号は萩坪《しゅうへい》）の門下となったというギャップがある。同じ文学を志す者として、嫉妬をおぼえたのかも知れない。ちなみに、「朝日新聞」記者の半井桃水《なからいとうすい》の勧めで近世文学を独学するため一葉が上野の図書館に通いだす時期と、柳田が読書をするため同図書館に通う時期がかさなっている。「ひょっとして、上野図書館でふたりの間になにかあったのか！」と妄想が膨らむのは、ものを書く者の性《さが》か。

一葉を主人公にした文芸作品というと、瀬戸内寂聴《せとうちじゃくちょう》の評伝『炎凍る《ほのおこお》―樋口一葉の恋―』、井上ひさしの戯曲『頭痛肩《かた》こり樋口一葉』などがあり、上村一夫《かみむらかずお》の劇画に『一葉裏日誌』という異色作がある。マンガでは、コラムニストの中野翠《なかのみどり》が〈心を揺さぶられた〉〈力業《ちからわざ》〉と絶賛する齋藤《さいとう》なずな『千年の夢―文人たちの愛と死』のなかの「門」という短編に一葉が登場する。山田風太郎の小説『明治波濤《はとう》歌《か》』の「からゆき草紙」にも一葉が登場するが、『たけくらべ』の美登利《みどり》と信如《しんにょ》もからんで、虚実入《い》り交《ま》じったストーリーが展開される。小説を書くうえで参考になったのは、森まゆみの『一葉の四季』で、一葉が生き生きと活動しているさまが目に見えるようだった。

　第四話には二十代の漱石と十七歳の一葉が登場するが、山田風太郎『警視庁草紙』の「幻談大名小路」の章には、数え年八歳の漱石と三歳の一葉が内藤新宿の遊郭街で会話をかわす場面がある。これはまんざら嘘八百ではなく、長谷川時雨《はせがわしぐれ》『近代美人伝』の「樋口一葉」の章の末尾に、佐佐木竹柏園《ささきなぎぞの》（竹柏園は家号。本名は弘綱《ひろつな》）夫妻の随筆集『筆のまにまに』の一節が紹介されていて、そこには〈自分がいつか夏目漱石さんの所へ遊びに行って昔話などをした時、夏目さんが、自分の父と一葉さんの父とは親しい間柄で、一葉さんは幼い時に兄の許嫁《いいなずけ》のようになっていた事もあったと言われた。明治の二大文豪の間に、さる因縁《いんねん》があったとは面白いことである〉とある。一葉の父・則義《のりよし》と漱石の父・小兵衛《こへえ》は維新直後に東京府の吏員《りいん》として同僚であったから、その子ども同士に面識があったことはあり得る。

　本作のなかで一葉が、蓼牛金兵衛《たでうしきんべえ》から身売りを打診される場面がある。実際、一葉には天啓顕真術《てんけいけんしんじゅつ》会の久佐賀義孝《くさかよしたか》という易断《えきだん》家で相場師の男から、物質的な援助をするから妾《めかけ》になれとしつこく言われたが拒否したという話が伝わる。ふたりの間に男女の関係があったかなかったか、論争もあったが実態は不明。それにしても、極貧《ごくひん》生活で金銭には縁が薄かった一葉が、後世、五千円札の肖像に採用されるとは、当時のだれが想像しただろうか。泉下《せんか》でさぞかし一葉も苦笑いしていることだろう。ちなみに、本作を執筆していた二〇二二年は、一葉生誕百五十年にあたるというので、関連書籍も何冊か出ていたようだ。どうでもいいことだが、一葉の未完の小説『裏紫《うらむらさき》』は〈夕暮の店先に郵便脚夫《きやくふ》が投げ込んで行きし女文字《おんなもじ》の書状《ふみ》一通〉と、書きはじめられている。「ひょっとして、この郵便脚夫の名が喜三郎だったりして？」と、ますます私の想像（妄想？）はひろがるのだった。なにか縁を感じる。

外国に売られる女性といえば、「からゆきさん」が思い浮かぶ。小針侑起《こばりゆうき》『遊郭・花柳界・ダンスホール・カフェーの近代史』によれば、「からゆきさん」とは、女衒《ぜげん》によって海外へ売り飛ばされた女性たちのことをいう。熊本県天草《あまくさ》出身者が多いが、それはこの地方が耕地が狭く、人口が多すぎたことが一因らしい。いわゆる「口減《くちべ》らし」のために娘を売り飛ばすのだ。娘たちは娼婦になることを知らされず、騙《だま》されて売られる。中には誘拐されて連れ去られた娘もいたという。本作の舞台となっている明治二十年代には、「からゆきさん」の数が増え、明治三十三年の記録によれば、フィリピンのマニラで女郎屋を営んでいた日本人は三十五人、娼婦たちは二百五十人近くもいたという。

作中、東大学生・坪内雄蔵《つぼうちゆうぞう》（逍遙《しょうよう》）と根津《ねづ》遊郭・大八幡楼《おおやわたろう》の花魁《おいらん》の花紫《はなむらさき》（鵜飼《うかい》セン）のエピソードが出てくるが、このふたりの関係については津野海太郎《つのかいたろう》の評伝『滑稽《こっけい》な巨人―坪内逍遙の夢』に詳しい。津野は、坪内の花紫への純愛を主張する。小説では、山田風太郎『幻燈辻馬車』の「花魁自由党」のなかに、坪内と花紫の恋愛が描かれている。また、珍しく明治初期の根津遊郭を舞台にした小説に、木内昇《きうちのぼり》の直木賞受賞作『漂砂《ひょうさ》のうたう』がある。

最後に作品名について。『郵便集配人は二度銃を撃つ』と聞いて、ミステリー好きの方はすぐに、アメリカのハードボイルド派の作家、ジェームス・ケインの長編小説『郵便配達は二度ベルを鳴らす』を思い起こすだろう。読んでおわかりのとおり、ケインの名作とはなんの関わりもないが、すこしだけハードボイルドっぽいテイストを感じていただけたら幸いだ。若いころに読んだ作品の名は、ずっと心に残っているものだ。

二〇二三年二月吉日　　作者記す

**【著者紹介】**

伊原　勇一（いはら　ゆういち）

1953 年、東京生まれ。早稲田大学卒。
33 年間、埼玉県で公立学校の国語教師を勤める。
江戸の文芸・絵画をやさしく解説した『江戸のユーモア』（近代文芸社）、幕末の浮世絵師を描いた『反骨の江戸っ子絵師　小説・歌川国芳』（文芸社）、若き日の浮世絵師の夢と挫折を描いた『喜多川歌麿青春画譜』（同）など著書多数。
2021 年、『春信あけぼの冊子』（筆名：竹里十郎）にて第 21 回歴史浪漫文学賞・創作部門優秀賞（１編）を受賞し、『鈴木春信　あけぼの冊子』と改題し、郁朋社より出版。


郵便集配人《ゆうびんしゅうはいにん》は二《に》度《ど》銃《じゅう》を撃《う》つ

2023 年 3 月 13 日　第 1 刷発行

著　者 — 伊原《いはら》 勇一《ゆういち》

発行者 — 佐藤　聡

発行所 — 株式会社 郁朋社《いくほうしゃ》

〒 101-0061　東京都千代田区神田三崎町 2-20-4
電　話　03（3234）8923（代表）
ＦＡＸ　03（3234）3948
振　替　00160-5-100328

印刷·製本 — 日本ハイコム株式会社

落丁、乱丁本はお取り替え致します。

郁朋社ホームページアドレス　http://www.ikuhousha.com
この本に関するご意見・ご感想をメールでお寄せいただく際は、
comment@ikuhousha.com　までお願い致します。


 ISBN978-4-87302-783-8 C0093